後の戦場、あるいは世界が始まる聖戦 15

サリンジャー
Salinger
皇庁の秩序を乱す罪人として恐れられた『超越の魔人』。星霊使いの頂点を目指し、王家超越を目論む中で、ミラベアと出会う

ミラベア・ルゥ・ネビュリス8世
Millavair Lou Nebulis VIII
戦闘人形と称されるほど、戦いにしか興味のない王家の異端児。サリンジャーとの出会いが少女を変化させていくことになり――

「……あははははは！
あのサリンジャーがスーパーの袋を持って歩いてる！
わ、わた……私を笑い死にさせる気ですか！」

「……何だと」
50%

キミと僕の最後の戦場、あるいは世界が始まる聖戦15

細音 啓

ファンタジア文庫

3310

口絵・本文イラスト　猫鍋蒼

キミと僕の最後の戦場、
あるいは世界が始まる聖戦 15

the War ends the world /
raises the world

fears deus Ee soliz duskis kamyu ?
あなたたちの素顔を、いつまで過去で彩るの？

van Ee d-kfen uc phanisis getie.
あなたたちは、自分の弱さに怯えているだけ

Soima phio lin glio mehnes. Sez ele cela Eeo.
いま一度舞台に上がるのです。わたしがあなたたちを祝福しましょう

機械仕掛けの理想郷

「天帝国」

イスカ
Iska

帝国軍人類防衛機構、機構Ⅲ師第907部隊所属。かつて最年少で帝国の最高戦力「使徒聖」まで上り詰めたが、魔女を脱獄させた罪で資格を剥奪された。星霊術を遮断する黒鋼の星剣と、最後に斬った星霊術を一度だけ再現する白鋼の星剣を持つ。平和を求めて戦う、まっすぐな少年剣士。

ミスミス・クラス
Mismis Klass

第907部隊の隊長。非常に童顔で子どもにしか見えないがれっきとした成人女性。ドジだが責任感は強く、部下たちからの信頼は厚い。星脈噴出泉に落とされたせいで魔女化してしまっている。

ジン・シュラルガン
Jhin Syulargun

第907部隊のスナイパー。恐るべき狙撃の腕を誇る。イスカとは同じ師のもとで修行していたことがあり、腐れ縁。性格はクールな皮肉屋だが、仲間想いの熱いところもある。

音々・アルカストーネ
Nene Alkastone

第907部隊のメカニック担当。兵器開発の天才で、超高度から徹甲弾を放つ衛星兵器を使いこなす。素顔は、イスカのことを兄のように慕う、天真爛漫で愛らしい少女。

璃洒・イン・エンパイア
Risya In Empire

使徒聖第5席。通称「万能の天才」。黒縁眼鏡にスーツの美女。ミスミスとは同期で彼女のことを気に入っている。

魔女たちの楽園

「ネビュリス皇庁」

アリスリーゼ・ルゥ・ネビュリス９世

Aliceliese Lou Nebulis IX

ネビュリス皇庁第２王女で、次期女王の最有力候補。氷を操る最強の星霊使いであり、帝国からは「氷禍の魔女」と恐れられている。皇庁内部の陰謀劇を嫌い、戦場で出会った敵国の剣士であるイスカとの、正々堂々とした戦いに胸をときめかせる。

燐・ヴィスポーズ

Rin Vispose

アリスの従者。土の星霊の使い手。メイド服の下に暗器を隠し持っており、暗殺者としての技能も高い。表情が乏しく何を考えているか分かりづらいが、胸の大きさにはコンプレックスがある。

シスベル・ルゥ・ネビュリス９世

Sisbell Lou Nebulis IX

ネビュリス皇庁第３王女で、アリスリーゼの妹。過去に起こった事象を映像と音声で再生する「灯」の星霊を宿す。かつて帝国に囚われていたところを、イスカに助けられたことがある。

仮面卿オン

On

ルゥ家と次期女王の座を巡って争うゾア家の一員。真意の読めない陰謀家。

キッシング・ゾア・ネビュリス

Kissing Zoa Nebulis

ゾア家の秘蔵っ子と呼ばれる強力な星霊使い。「棘」の星霊を宿す。

ミゼルヒビィ・ヒュドラ・ネビュリス９世

Mizerhyby Hydra Nebulis IX

ヒュドラ家の次期女王候補の王女で、『光輝』という特殊な星霊を宿す。

イリーティア・ルゥ・ネビュリス９世

Elletear Lou Nebulis IX

ネビュリス皇庁第１王女。外遊に力を入れており、王宮をあけていることが多い。

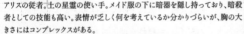

the War ends the world / raises the world

CONTENTS

Prologue　『残響』

1

……カラッ。

…………カランッ。

どこかで、石の欠片《かけら》が小さく震えた。

帝国領・帝都ユンメルンゲン。

この地に暮らす民は誰一人として知る由《よし》もない。世界最大の都の地下五千メートルに、広大な空洞が広がっていることを。

かつて、ここは帝国議会と呼ばれていた。

いまは見る影もない。

天井は瓦礫《がれき》と化して崩落し、壁は跡形もなく砕け、奥には墨のように黒い地肌が覗《のぞ》いている。

そんな瓦礫の下には、バラバラに砕けた機器の残骸があった。

八台分のモニター。

帝国を水面下で操っていた「八大使徒」の、憑依《ひょうい》先だ。

百年前の賢者であった彼らは、肉体が朽ちた後も電脳体に自らの意思を残し、星の中枢に眠る『災厄』の力に魅せられ続けた。

——災厄の名は『*La Selah Milah Uls*《ラ セ ラ ミ ラ ウルス》』。

星の民が「すべての星霊の敵」と恐れたもの。

その力に焦がれた八大使徒は星の中枢に潜る計画を進めており、さらには星霊使いへの人体実験を繰り返していった。

だが、最終的には……

〝さようなら旧時代の大罪人たち〟

〝あなたたちが掘り起こした『星のへそ』と、権力の証《あかし》たる帝国議会。共に潰《つい》えるのなら本望でしょう？〟

真の魔女《イリーティア》の反逆により、八大使徒は消滅した。

そして帝国議会も消滅。

床はただの地肌となり、クレーターのごとき大穴が空いている。かつて「星のへそ」と呼ばれた帝都最古の星脈噴出泉《ボルテックス》に続く、大穴が——

もう何もない。

訪れる者もいない。

にもかかわらず——カラッ、カランと。瓦礫の破片がまた震えた。

風？

否《いな》。ここは地下五千メートルの地下室だ。風が生まれる道理がない。

それでもなお。

カラ、カラッ……と小石は絶え間なく震え続けて。

『————』

ぼやんと灯《とも》る光。

瓦礫の下で、わずかに原形を留《とど》めていたモニターがほんの一瞬だけ点灯し————また
ブツンと途切れた。

それを最後に。

カラカラと鳴り続けていた石の震動もまた、嘘《うそ》のように静まった。

そして沈黙が満ちていく。

帝国議会であった空洞は、再び、この世でもっとも冷たい静寂に包まれた。

2

時同じくして。

世界大陸、北端――

帝国領のはるか北方にあるカタリスク汚染地の、そのさらに北。霜柱に覆われた極寒の大地に、ぽっかりと大穴が穿《うが》たれていた。

星脈噴出泉《ボルテックス》「太陽航路《グレゴリオ》」。

この星最古の星脈噴出泉《ボルテックス》の一つである。星霊エネルギーの噴出はとうに収まっているが、かつては、さぞ煌《きら》びやかな光が噴き上がっていたに違いない。

「枯れ果てた。どこも同じだ」

ひゅう、と唸《うな》る雪混じりの風。
その風鳴りに声を重ねたのは、十二、三歳ほどに見える褐色の少女だった。
真珠色の髪を、逆立たせるようになびかせながら——
「星の中枢は空っぽだ。噴き上がるだけの星霊が残っていない。あの、災厄のせいで」
語り部《べ》を想《おも》わせる口ぶりだった。
まるで何十年と物語を紡《つむ》いできたかのような、深い知性を湛《たた》えた口調。
それもそのはず。
この褐色の少女は、百年以上も前から星霊と共に生きてきた。
——始祖ネビュリス。
最古にして最大最強の星霊使いが、地面に空いた大穴を覗きこむ。
光の届かない真っ暗闇を。
「……嫌な臭いがする。あの女、ここを通ったな」
「王女《イリーティア》といったか？」
じろじろと大穴を覗きこむ始祖。
そこに並び立ったのは、目も髪も、身にまとうコートも黒ずくめの男だ。
クロスウェル・ゲート・ネビュリス。

始祖ネビュリスの義弟であり、星剣の初代所持者であり、その星剣をイスカに承継した師でもある。

「俺は鼻が利《き》かない。実際どうだった」

「あの女か？」

少女が、ハッと笑い飛ばしてみせる。

わかっているだろうと言わんばかりに。

「あの女はもう災厄と同じ臭いしかしない。腐った土。腐った水。腐った肉の塊。アレを人間と思わぬことだ」

「……そうだろうな」

底なしじみた大空洞から、ふとクロスウェルは頭上を見やった。

灰色に淀《よど》む空。

この世界最北端の地は、常にこんな薄暗い空模様だ。

「そしてわかっていると思うが、俺からも一つ言っておく。星剣はイスカにくれてやった。俺が持っているのは粗末な模倣品《イミテーション》だ」

「……馬鹿が」

義姉にあたる少女が舌打ち。

「災厄に通じる唯一の剣だ。お前が、星の民に頭を下げて作らせたのではなかったか？」

「だからくれてやった。義姉《ねえ》さんもそれは理解しているはずだ」

「……ちっ」

褐色の少女が二度目の舌打ち。

と同時に、返事も待たずに眼下の大穴へと身を躍らせた。

「遅れるな、さっさと来いクロ」

「………」

重力に導かれるまま地底に落下していく義姉。

その姿を見下ろして──

「世界一凶暴な姉を案内するのは弟《おれ》の責務だと？　面倒事ばかり押しつけられてきたが、これが最後だぞユンメルンゲン」

かつての天帝護衛は、嘆息とともに自らも大空洞へと身を躍らせた。

Chapter.1 『しがみつく勇気もないくせに』

1

帝都ユンメルンゲン。

その中央基地に、轟音《ごうおん》を響かせて輸送機が着陸した。強烈な火花を散らし、千メートル以上もの滑走を経て完全停止。

カツ、カツ……と。

輸送機の梯子《タラップ》を下りてきたのは、両手を拘束された青髪の「魔女」だった。

「…………」

滑走路に風が舞い、煌びやかな瑠璃色の髪を巻き上げる。乱れた髪を直すこともなく、魔女は、眼下の男へと梯子《タラップ》を下りていって――

「やあミゼルヒビィ王女。数時間ぶりだが、私の顔を覚えてもらっているかね」

「……」

名を呼ばれたミゼルヒビィ・ヒュドラ・ネビュリス9世が、その男を睨《にら》みつけた。

髭《ひげ》をたくわえた痩せぎすの男。

――サー・カロッソス・ニュートン研究室長。

使徒聖第十席。

帝国にて星霊研究が許される唯一の公的機関『オーメン』の研究室長が、親しげに片手を上げてみせる。

「ふむ。あの時とは立場が逆転し……おっと失敬。皮肉のつもりではないよ。ただ事実の列挙だからね。そして事実と言えば――」

ニュートンが、背後を視線で示した。

変わり果てた男女が、担架に乗せられて帝国兵に運ばれていく。

太陽の当主タリスマン。

魔女ヴィソワーズ。

どちらも災厄の力によって肉体が禍々《まがまが》しく変貌している。

「天帝陛下の命だ。この私が二人の治療を任された。数奇な巡り合わせだろう？」

その一言に。

太陽の王女ミゼルヒビィが、わずかに表情を険しくした。

「お前の靴を舐《な》めればいいの？」

「ん？」

「それとも泣いて詫《わ》びればいいのかしら？　私が帝国人《おまえたち》の研究所で振るった暴力と無礼を。それか――」

「とんでもない！」

ニュートン研究室長が両手を大きく広げてみせた。

白衣がばさりと跳ね上がる勢いで。

「噂《うわさ》に違《たが》わぬ純血種の力だった！　そして災厄の力を注入されて変貌した人間！　私はね、この目にできた幸運に打ち震えているんだよ！」

「………………」

応じるミゼルヒビィが、一瞬、担架の方へと視線をやった。

「あの二人は、帝国にとっても価値があるはずよ。災厄の情報をもたらす貴重な証言者になる。生かしておきなさい」

「元よりそのつもりだよ」

白衣の使徒聖が気軽に肩をすくめてみせる。

「災厄のサンプルたちだ。何としてでも生きていてもらうさ」

「――お願いするわ」

「――わたしからもお願いします」

声は、後方から。

ミゼルヒビィの左右に並ぶ新たな魔女二人に、ニュートン研究室長は含み笑いを隠そうともしなかった。

「いやはや、アリスリーゼ王女にキッシング王女。皇庁の三王女がこうして立ち並ぶ姿を見るのは壮観の一言だ。ところで両王女？」

アリスとキッシング。

二人の王女を交互に見回して。

「貴女《あなた》たちは、帝国に侵入したヒュドラ家の討伐を提案した側だ。それが今は、人質を大切にせよという。その理由は心変わりかな？　それとも王家のよしみかな？」

「戦況の遷移です」

キッシングが即答。

まるで数字の羅列を読み上げるような、機械的な抑揚で。

「帝国軍が運んでいる二人、特にタリスマン卿《きょう》は帝国軍にとって最適な交渉材料でしょう。このミゼルヒビィを使役するために。そうですねアリスリーゼ？」

「……ええ」

当のミゼルヒビィを挟んで、アリスが渋面で頷《うなず》いた。

「災厄の力に呑《の》まれたタリスマン卿を目の当《ま》たり《あ》にして、思い知らされたわ。悔しいけど、彼女《ミゼルヒビィ》の力が必要よ。災厄と戦うために」

「ふむ、牢獄《ろうごく》に閉じこめるくらいなら戦力として使役しろと」

ニュートンが顎鬚《あごひげ》を撫《な》でつける。

それが最上位の上機嫌の証《あかし》であることを、彼《ニュートン》に近しい者ならば察したことだろう。

「ご尤《もっと》もだ。私が治療にあたる理由としては十分と言える」

そして振り向いた。

かつての同僚である、元使徒聖のイスカへ。

「ではイスカ君、引き続きミゼルヒビィ王女の連行を」

ニュートン研究室長が背を向けた。

「安心したまえミゼルヒビィ王女、君の大切な者たちには、帝国での最高の治療を約束しよう。君が大人しく従っている限りはね」

そして去っていく。

帝国部隊が担架を運んでいく方へと。

「――――」

「行こう」

　無言でそれを見守るミゼルヒビィと、両隣に立つアリスとキッシング。

　そんな彼女たちに、イスカは小さく頷いた。

　目的地は、ここ中央基地のさらに奥――

「天帝陛下が待ってる」

2

　天守府。

　帝都最古として知られるこの建造物は、一つの建物内に四つの建物が格納された五重のビルという特殊構造だ。

　その最深部――

　イスカが天帝の間に一歩入った途端。

「待ってたよイスカ君！　音々《ネネ》ちゃん！」

　顔を腫らしたミスミス隊長が振り向いた。

　帝国軍の戦闘衣を脱いだタンクトップ姿で、左腕には痛々しいほど包帯が。

「聞いて二人とも！　二人がいない間に天守府は過去最大の危機に陥ったんだよ。それをアタシが身を盾に守っ——」

「軽傷だ。何でもねぇよ」

ミスミスの後方で、ジンがぼそりと。

「さっき報告したが、シャノロッテ元隊長が単身突撃してきた。被害は一階および二階の機械兵と監視カメラ。おまけで隊長《ボス》のかすり傷」

「アタシのはおまけ⁉」

ミスミス隊長が、自分の左肩と顔を交互に指さした。

「見てよこの左肩！　銃で撃たれたんだから！」

「掠《かす》っただけだ。ツバつけときゃ治る」

「この顔！　ノロちゃんにたくさん殴られて！」

「隊長《ボス》のが多く殴っただろうが。しかも不意打ちに頭突きまで」

「ジン君どっちの味方⁉」

「——と、こっちはこの程度の有様《ありさま》だ」

いかにも軽々しく答えるジンが、不意に目を細めた。

イスカと音々に続く人影——

まず続くのがアリスとキッシング。そして注目すべきはその後ろ。二人の王女に左右を固められて歩いてくる、瑠璃色の髪をした王女だ。

「報告は聞いてたが、えらい大捕物だったじゃねえか」

太陽のミゼルヒビィ。

雪と太陽《スノウ・ザ・サン》で一度は相まみえた相手だ。ジンが表情を鋭くするのも、ミスミスがハッと息を呑むのも当然だろう。

「……………」

対してミゼルヒビィは無言。

なぜなら彼女は、畳が何十枚と敷きつめられた大広間の最奥《さいおう》を凝視していたからだ。

『お帰り諸君』

座椅子に片肘を乗せてくつろぐ銀色の獣人——

天帝ユンメルンゲンが、そこにいた。

『いつもなら「待ち疲れたよ」と言うところだけど、今回はまあ、新顔を連れてきたから珍しさで目が覚めた。太陽の王女ミゼルヒビィ。お前は帝国にとっての猛毒と薬、どちらになる気でいるのかな』

「……………」

ミゼルヒビィが顔を上げた。

両手を拘束されたまま前髪を払い、睨みつけるがごとき形相を向け、銀色の獣人を穴が空くほど凝視して――

「あなたが天帝かしら」

『ん？』

ミゼルヒビィの呟《つぶや》きに、天帝が片目だけを見開いた。

『メルンの姿を見て驚かないようだね』

「あいにくと」

天帝を見据えるミゼルヒビィ。

「災厄の力で『変わった』人間は、もう呆《あき》れるくらい見てきたわ」

『ははっ。お前の当主がああならず良かったじゃないか』

「……見ていたの？」

『ここは帝国だ。メルンに知らないことなどない。さて、と』

天帝ユンメルンゲンが、片膝を立てた。

その膝を両手で抱えるようにして。

『二つか三つ訊《き》きたいことがある。なにせネビュリス皇庁の王家の中でも太陽《ヒュドラ》は異端だ。

災厄の力を求めて八大使徒と利害が一致し、何十年も虎視眈々《こしたんたん》と機を狙っていた。それは皇庁を手中に収めるため。という理解で合っているかい？』

「合っているでしょうね」

声色一つ変えずに、ミゼルヒビィは天帝の言葉を受け入れた。

太陽と八大使徒こそが黒幕だと。これが天帝ユンメルンゲンによる裁きの場であって、回答次第では自分の命も危ういことを覚悟した上で、だ。

「ただし、それは先代まで」

『ほう？』

銀色の獣人が、その目を細く鋭くした。

『現当主タリスマンは違うとでも？』

「目的が違うわ」

『言ってごらん』

「探究心よ。叔父さまを突き動かしたのは征服欲じゃない」

真の魔人と化して――

太陽の当主タリスマンは、アリスやキッシングにこう言ったのだ。

〝新たな知の時代は、間もなくだ！〟

「私の目には……」

ミゼルヒビィが、唇を噛《か》みつぶす。

「叔父さまは当主という立場を持て余していたように見えたわ。あの人は生まれついての研究者だから」

『だが被検体の実験を進めただろう？』

「先々代から受け継いだ実験よ。でも叔父さまの関心は力じゃなかった。……私は、直接、叔父さまに訊いたのよ。災厄をどうしたいのかって」

当主《タリスマン》はこう言ったのだ。

〝研究したいだけさ。この星でもっとも巨大な存在を知り尽くしてみたい〟

非凡なる研究欲――

それこそが彼《タリスマン》の本質であり、八大使徒との差違だったのだ。

星の災厄を「利用したい」と考えた八大使徒。

星の災厄を「知り尽くしたい」と考えたのがタリスマン。

「だから叔父さまの目的は災厄を研究すること。その最終目標は使役だったわ。どういう意味で受け取るかは好きになさい」

『ならば、お前は？』

片膝を抱えたまま、銀色の獣人の瞳孔がキュッと細まった。

獣の眼孔。

まさしく獲物を品定めする肉食獣のごとき、研ぎ澄まされたまなざしで。

『お前はどうだい？　今のお前が災厄に抱く感情を聞きたいね』

「…………」

太陽の王女が口をつぐむ。

その頭から爪先まで、そして表情が物語る一瞬の機微にいたるまでを天帝ユンメルンゲンに観察されながら。

「正直、私が気に食わないのはイリーティアであって災厄じゃない」

『今までは、だろう？』

「そうね」

試すような口ぶりの天帝に、ミゼルヒビィがふぅと息を吐き出した。

「私は、あんな惨《みじ》めに変貌した叔父さまを見たくなかったわ。あれが災厄の力だとしたら、この星から永久に消え去ってほしい」

『……ん、ならば良し』

一度頷《うなず》いて、銀色の獣人がのんびりと足を崩した。

気楽なあぐら座りで。

『まどろっこしい質問は終《しま》いだよ。本題に移ろうと思うけど、お前をここに呼んだ理由を説明する必要はあるかい？』

「いらないわ」

ミゼルヒビィが即答。

自分の両手首を縛める手錠を、見せつけるように持ち上げて。

「私を生かしているのは利用価値があるから。イリーティアと災厄を倒すために、私の力が必要なんでしょう？」

『嫌かい？』

「私が、好き嫌いで事を判断すると思うかしら」

この場の誰もが確信している。

太陽の王女ミゼルヒビィは、天帝の話に乗るしかないのだ。

ニュートン研究室長との交渉どおり、帝国は、当主タリスマンとヴィソワーズを治療という名目の捕虜としている。

ゆえにミゼルヒビィは、あらゆる話に頷く以外の選択肢がない。

ただし——

「問題はそっちでしょう?」

ミゼルヒビィが、その場で反転した。

背後に整列していたイスカ、音々、ジン、ミスミス隊長を順に見回して、そして値踏みするかのように冷笑。

「帝国軍にとって私は憎たらしくて危険な魔女よ。こんな私を信用できるのかしらね? ねえ帝国軍の兵士さん、私に背を預けられるの? イリーティアとの戦いで不利になった途端、私だけが尻尾を巻いて逃げだしたら——」

「お互い様だ」

ミゼルヒビィの言葉を最後まで待つことなく、イスカは割って入った。

「お前こそ帝国軍《ぼくら》を信じられるのか、ミゼルヒビィ? 災厄やイリーティアを前にして、帝国軍《ぼくら》がお前を残して撤退することは考えなかったのか?」

「っ」

「お前の口からそれが出なかった。本当はもう覚悟を決めているんだろ？　逃げださないって」

「────────」

長い、長い沈黙。

この場の視線を浴び続けるミゼルヒビィが、不意に唇の端を吊《つ》り上《あ》げた。

「と、帝国軍の兵士は言ってるけど、アンタたちはどうかしら？　本当にこの私と仲良くできると思っているの？」

アリスとキッシング。

両王女たちを視野に収め、挑発的とも取れる嘲笑で。

「綺麗事《きれいごと》なんて求めてないわ。三王家なんて言われておきながら、この百年、太陽《ヒュドラ》と月《ゾア》と星《ルゥ》が結託したことなんて一度もない。そうよねえ？　いかに女王選抜で相手を蹴落とすかしか頭になかった。私に背を預けられるの？」

「その必要はありません」

涼やかな即答。

それは、今まで沈黙を続けてきたキッシングのものだった。

「結託も信頼も必要ありません。ミゼルヒビィ、あなたの存在意義は、あなたの『光輝《ちから》』

でわたしとアリスリーゼを高めることだけ」

ゆっくりと首を横にふりながら。

「あなたは役目を終えれば用済みです。済めば隠れてていいですよ」

「……言ってくれるじゃない」

「ただし」

月の王女がスッと手を差しだした。

太陽の王女に向けて、さしずめ「握手しましょう」と言わんばかりに。

「あなたが真に共闘を望むなら、わたしはそれに応える気持ちはありますよ。タリスマン卿《きょう》の時のようにね」

「……っ」

「そして一つ教示しますと、敵だったとしても共闘できないわけではありません。それを言えばわたしは——」

手を差しだしていたキッシングがくるりと回転。

いつの間にやってきたのか。

野性味ある風貌の女帝国兵——使徒聖・第三席の冥《メイ》が、天帝の間の入り口に腕組み姿で立っていたのだ。

「わたし、そこの帝国兵に何千発と銃で撃たれましたから。こんな怨敵とも泣く泣く手を結び、帝国軍に協力しているわけです」

「は？　魔女の嬢ちゃんが棘《とげ》であたしを狙ってきたんだろうが」

「侵略してきたのは帝国軍です」

「よく言うぜ。嬉《うれ》しそうに現れたくせに」

「そんな事実は──」

「あ？　事実だろうが」

なぜか始まる口喧嘩《くちげんか》。

と思ったそばから。

「……わたしもね」

アリスがそっと溜息《ためいき》。

言い争う二人の隣だからこそ、そのぎこちない微苦笑は一層際立《きわだ》って見えた。

「敵だった帝国兵と共闘するのは慣れてるわ」

敵だった。

それは、どれだけの意味を含んでいるのだろう──

イスカがそう思い巡らせようとした、まさにその矢先。

「ほんと、理解に苦しむわ」

ミゼルヒビィが大きく天を仰いだ。

自らの両手を縛める手錠をしげしげと見つめる。その口元に、何かが吹っ切れたような苦笑いを浮かべてみせて。

「帝国と皇庁は、いつからそんな仲良しになったのかしら？」

「お前もそうなるかもよ？」

ククッと笑う銀色の獣人。

「仲良しになれとは言わないさ。仲良くやってくれればいい」

「馴《な》れ合《あ》いは御免こうむるわ」

ミゼルヒビィが両手を持ち上げた。

この手錠を外せ、と。

「馴れ合いの時間なんて無い。イリーティアは星の中枢へ向かった。あの化け物が災厄に接触する前に追いつかなきゃいけないの」

「そう、それだ」

あぐら座りのまま天帝が腕組み。

その眼差《まなざ》しが見つめる先には壁。しかし誰もが察しただろう。

天帝が見つめる方角は――

「皇庁《むこう》は動くかねぇ。帝国《こっち》がその気でも、向こうが決断できるかな？」

休戦が要るのだ。

帝国軍は、総力を挙げて星の中枢へと向かう。

となれば帝都は無防備同然。そこを皇庁に攻めこまれたら元も子もないのだから。

ゆえに――

「燐《リン》、わたしの通信機を」

誰もが見ている前で。

従者の燐から、アリスが通信機を受け取った。

「わたしが女王陛下に話をするわ。煩わしい交渉なんて時間の無駄よ」

時同じくして――

ネビュリス皇庁にて。

現女王ネビュリス８世は、人生最大の選択に迫られていた。

3

ネビュリス王宮。

朝陽《あさひ》が差しこむ女王の間はひんやりと涼しく、静まりかえっていた。

つい先ほどまで――

ここには騒々しいまでの来客がいたのだが。

「……始祖様もたいがい慌ただしい。お茶を用意する間も頂けませんか」

黒くひび割れた虚空《こくう》。

始祖ネビュリスが消えていった時空の裂け目を見上げ、現女王は嘆息をこぼした。

ミラベア・ルゥ・ネビュリス8世。

ルゥ家の当主であり、長女イリーティア、次女アリス、三女シスベルの母でもある。

「……な、何なのですかいったい⁉」

我に返って叫んだのはシスベルだ。

「女王様《おかあさま》、追いかけなくていいのですか⁉　始祖様が、天帝からの書簡を……あれは、わたくしが持ち帰ったものなのに！」

〝ユンメルンゲン。奴《やつ》め、そこまで私を引き込みたいか〟

〝その書簡を渡せ〟

わずか数分前の出来事だ。

独立国家アルサミラからここまで第九〇七部隊に護衛されてきたシスベルが、遂《つい》に皇庁への帰還を果たした。

天帝ユンメルンゲンから、ある書簡を預かってだ。

——世界地図。

そこには三つの星脈噴出泉《ボルテックス》が記されていた。

一、帝都に生まれた世界最古の星脈噴出泉《ボルテックス》『星のへそ』。

二、大陸の北端にある星脈噴出泉《ボルテックス》『太陽航路《グレゴリオ》』。

三、秘境・カタリスク汚染地にある星脈噴出泉《ボルテックス》『月蝕《エクリプス》』。

この地図を信じるならば。

星の中枢に繋《つな》がる星脈噴出泉《ボルテックス》は全部で三つ。その先でイリーティアが待っている。

「……あの書簡は女王様《おかあさま》のものなのに」

「構いませんよシスベル。もう頭に入っていますから」

しゅんと落ちこむ娘に、女王ミラベアは大きく頷《うなず》いてみせた。

むしろ――

こうして始祖が書簡を奪っていった事実にこそ、注目すべきだろう。

「本物だ、だ、だったというのですか」

「え？　あ、あの女王様《おかあさま》？」

「シスベル。申し訳ない話ですが、私は、あなたが天帝から受け取ったというこの書簡を半信半疑で捉えていました」

帝国がシスベルを無条件で解放した。

そこにも裏があるのではないか？　女王たる者、あらゆる権謀術数に気を巡らせなくてはいけない。この書簡も罠《わな》ではないか……

その疑念が、始祖の態度で吹き飛んだ。

「始祖様は、この書簡を信じきっていた。この星でもっとも帝国を憎んでいるであろう、あの始祖様がですよ？」

つまり本物なのだ。

星の中枢に繋がる三つの星脈噴出泉《ボルテックス》は、帝国にとっても最重要機密だったはず。それをわざわざ伝えてきた意味は……

「あの帝国が、魔女《わたしたち》に協力を求めている？」

「……そうだと思います」

シスベルが弱々しく拳を握りしめた。

そのまなざしに悲愴《ひそう》を湛《たた》えて。

「イリーティアお姉さまは完全な怪物になってしまいました。天帝ユンメルンゲンもそれを警戒しています……」

「そうですか」

女王はようやく理解した。

天帝が娘《シスベル》を解放した真の理由は、このためだったのだ。

星脈噴出泉《ボルテックス》の場所を教えるためではない。「帝国は皇庁と（今は）戦う意思がない」と。

それを娘《シスベル》の口から証言させたかったのだ。

「……しかし奇妙な心地です」

娘《シスベル》が見上げる前で、ミラベアは眉をひそめた。

「私の知る帝国とは些《いささ》か違う。あの粗野で無慈悲な帝国軍に何があったのか……」

イリーティアを野放しにはできない。

それは女王として、母として、どちらの立場にも通じる思いだ。

が——

皇庁から大々的な出兵はできない。

イリーティアとの戦いで月《ゾア》の精鋭が壊滅した。その話が真実ならば、皇庁の同志たちを危険に晒《さら》すわけにはいかないからだ。

「帝国が戦力を出すのなら、それは貴重な戦力になりますが……」

ゆえに悩ましい。

皇庁が帝国と繰り広げてきた百年以上もの「過去」を思うなら、どんな事情があろうとも手を組むことは許されない。

いや、許されなかった。

「……今はそれができてしまう。私の独断で」

月《ゾア》は、当主グロウリィと仮面卿《きょう》が倒れた。

太陽《ヒュドラ》は、当主タリスマンとミゼルヒビィが不在。

女王の意思決定に異を唱える者が、はからずもいなくなったのだ。

「……帝国との協力を築くべきか、どうか」

一つ確かなことがある。

帝国との共闘を選んだ時、国民から賛同を得るのは不可能に近いということだ。

星の災厄のこと。イリーティアのこと。

こんな話を国民に信じろという方が難しい。

……だからこそ、帝国との協力を選べば、私は国民から嫌われるでしょうね。

……ルゥ家の存続も危ぶまれるくらい。

アリスやシスベルも皇庁に居場所がなくなるだろう。そんな事態さえ容易に起こりうる。

娘たちをそんな危険に晒すわけにはいかない。

「――――」

だとしたら。

帝国との共闘は呑《の》めないのではないか？

そんな思いが込み上げかけた矢先、女王の手元で通信機が鳴り響いた。


『女王陛下、わたしです。アリスです』

「っ、アリスお姉さま⁉」

「――私です」

シスベルが声を上げるなか、女王ミラベアは努めて冷静に言葉を続けた。

アリスの現在地は帝国だ。

母娘《おやこ》として接すれば、それを帝国軍に嗅ぎ取られる。

「まずは無事で安心しました。帝国に侵入した太陽《ヒュドラ》はどうなりましたか？」

『タリスマン卿を捕らえました』

「……っ。そうですか」

『ミゼルヒビィも無力化しました。今はわたしの隣にいます』

「よくぞやってくれました」

太陽《ヒュドラ》の陰謀は数知れない。

極秘裏に災厄の力を研究していただけではない。自分の命を狙って女王の間を爆破し、さらにシスベルを誘拐した黒幕でもある。

そのすべてが——

ようやく終わったのだ。

『太陽《ヒュドラ》にかかっていた容疑も、ミゼルヒビィがすべて認めました』

「ご苦労でしたアリス。これで騒ぎの根源を止めることができました」

『……恐れながら女王陛下』

通信機ごしに。

アリスの声に鋭いものが混じった。

『真の元凶が残っています』

「――――」

イリーティア、そして災厄。

いま女王《じぶん》は、まさにその件で最大の板挟《ジレンマ》みに苛《さいな》まれていたところだ。

止めなければいけないものがいる。だが今までの禍根すべてから目を逸《そ》らし、帝国との共闘を受け入れることができるのか?

「アリス、一つあなたの口から教えてください」

『何なりと』

「あなたの目の前にいる者たちは、信用に足る相手ですか?」

アリスは帝国にいる。

さらに天帝の目の届く範囲にいるはずで、この会話も天帝や帝国兵には筒抜けだろう。

それでも問いたいのだ。

「シスベルを介し、天帝ユンメルンゲンから書簡を受け取りました。私はこれを、災厄の打倒に向けた協力の意思表示と解釈しました」

『……はい』

「しかし私は、まだ決断を躊躇《ちゅうちょ》しています」

イリーティア討伐のための戦力面では「組むべきだ」。

皇庁の歴史や国民感情で語るなら「組めるわけがない」。

女王《じぶん》はどちらを取るべきだ？

「私は歴史《かこ》しか知りません。今の帝国を見てきたあなたの視点で、帝国にどれだけの価値があるのか」

『――――』

沈黙する通信機。

それでいい。すぐに返ってくるような軽い答えは求めていない。

女王《じぶん》が欲《ほっ》しているのは熟慮に熟慮を重ね、迷い、葛藤し、歯を食いしばって絞りだした返事なのだから。

『……女王陛下』

「教えてください」

『わたしは、帝国軍に背中を預ける覚悟でいます。イリーティアお姉さまを止めるには、帝国軍の力が不可欠と判断しました』

「っ！」

まさか、そこまで。

アリスがそう決断するかもしれないと想定した上だが、こうも強い意志で――

『だめですアリスリーゼ。あなたでは埒《らち》が明きません』

『あっ⁉ ちょっとキッシング、話は途中――』

『女王陛下』

通話先の声が変わった。

アリスより幼く、感情の起伏に乏しい少女の声。これは――

「キッシング王女⁉」

『はい。僭越《せんえつ》ながらわたしからも申し上げたいことがあります』

「……何でしょう」

そう返す傍《かたわ》らで、女王ミラベアは我が耳を疑っていた。

月《ゾア》の王女キッシング。

仮面卿に依存しすぎるがゆえに、仮面卿なしでは一人で廊下も歩くことができなかったはずなのに。

『女王陛下は、帝国との共闘でまだ迷っていらっしゃるのですか』

「まだ、とは？」

『陛下にはイリーティアの計画《プラン》がもう出来ていますか？』

「……いえ。まだ具体的には……」

『無駄です。計画《プラン》など思いつくはずがない。なぜなら皇庁の星霊使いをかき集めたところで、一人としてイリーティアとの戦いに適していないからです』

「なぜですか？」

『イリーティアの怖さを見ていないからです。聞かされていないですか？　わたしとオン叔父さまがどれだけ呆気《あっけ》なく惨敗《ざんぱい》したか』

「………………」

聞いている。

キッシングだけではない。

イリーティアが、三王家の王女に何をしたか。

〝あなたの隣に騎士はいない。それが私に勝てない理由〟

──アリスが嬲《なぶ》られて。

〝ごめんなさいキッシング嬢。そんな怯《おび》えた目で見られるのは──〟

──キッシングが恐怖し。

〝心が壊せないのなら、もう身体《からだ》をぐちゃぐちゃに壊すしかないわよねぇ？〟

――ミゼルヒビィが蹂躙《じゅうりん》された。


星も月も太陽も。

思えば三王家の王女は、誰もが一度はイ、イ、イリーティ、ティア、アに敗れて、い、いる。

『皇庁の精鋭はイリーティアの怖さを知りません。ルゥ家の長女？　は、あの声真似《まね》しかできない王女が少々強くなったからといって何ができる？　精々その認識でしょう。そして無礼ながら女王陛下、あなたも同じです』

「っ」

『帝国との協力なしでイリーティアを止められるという、その思考の時点で、陛下はまだイリーティアを自分の娘だと見下している』

ズキン、と。

心の奥に何かが刺さった。

鋭く痛い。それが何であるのか、ミラベアが自らに問いかける間もなく――

『この場にいる者は違います』

月の王女の声が、通信機から伝わってきた。

『天帝、使徒聖、わたしもアリスも。ミゼルヒビィも入れておきましょう。誰もがイリーティアの強さを正しく恐れている。だから立ち向かえるのです。皇庁の精鋭との違いがそこにあります』

「――――キッシング王女」

『はい』

「若い仮面卿《きょう》に似てきましたね」

『……はい？』

キョトンと。

一瞬前までの流麗な口ぶりはどこへやら。あまりにも子供っぽく幼い声が、通信機の向こうから聞こえてきた。

『……どういう意味ですか陛下』

「健やかな成長に期待します」

不覚にも苦笑してしまう。思いだしてしまったのだ。

在りし日の仮面卿――いかに帝国を滅ぼすかではなく、いかに皇庁を繁栄させるかに熱弁を振るっていた少年時代を。

「もしも彼《オン》が帝国の滅亡という野望に固執していなければ、今のあなたのように言っていたのかもしれませんね」

『……わたしにはわかりません』

「貴重な話をありがとうございます。では、そろそろアリスに替わっ――」

『失礼しますわ女王陛下』


アリスでもキッシングでもない。

通信機を伝ってきた三番目の声に、女王は今度こそ目をみひらいていた。

「……ミゼルヒビィ王女」

意外というより、よくぞ女王《じぶん》に声をかけてきたものだ――それが本音だ。

そもそも太陽《ヒュドラ》の罪が消えたわけではない。

大切な娘を奪われた。女王《じぶん》がどれほどの怒りを抱いているか。それを察することができないほど鈍くもなかろうに。

『許しを請《こ》う気はありませんわ』

それが第一声。

『私はアリスリーゼと手を組むつもりでいます。女王陛下が反対しようとも、これを曲げる気はありません』

「イリーティアが憎いから？」

『そうです。私は勝つためならば誰とでも手を組む。星《ルゥ》でも月《ゾア》でも、帝国でも』

「……あなたまで」

『あなたまで、ではありません』

「え？」

どういう意味だ。

ミラベアが疑問を返そうとしたのと、まさに同時――

『王女すべてが決意している。わかりますか女王陛下、あなただけが決断できていないのです』

「っ！」

喉から、声が漏れそうだった。

星《ルゥ》と月《ゾア》と太陽《ヒュドラ》――次世代を担《にな》う王女三人すべてが帝国との協力を決している。女王《じぶん》だけが決断できていない。

そう突きつけられて。

「……言われるままに言われてしまいましたね」

「あ、あのお母様？」

「通話が切れました」

ミゼルヒビィが一方的に通話を切ったのだ。

沈黙した通信機を手にして、女王ミラベアは首を横に振ってみせた。

「太陽《ヒュドラ》の処罰も、考えねばなりませんね」

「……そ、その件ですわ！」

シスベルが女王の間の扉を指さした。

正体不明の爆発により、かつては原形を留《とど》めないほどに拉《ひしゃ》げた扉を。

「あの爆発事件はヒュドラ家の仕業です。わたくしの星霊なら、実行犯を特定することもできますが」

「ありがとうシスベル。幸い、それには及びません」

太陽《ヒュドラ》はもはや詰んでいる。

女王権限にて全員に取り調べを行う。当主タリスマン卿の不存在により、太陽《ヒュドラ》の暗躍も自然と明らかになるだろう。

が──

これで終わりではない。

自分が本当に向き合わなくてはいけない相手が、まだ残っている。

「…………」

息を吐き出して。

女王ミラベアは、唇を噛《か》みしめ、女王の間の天井をしばし見上げた。

「私だけが決断できていない。過去に囚《とら》われている。しがみつく勇気もないくせに」

「……女王様《おかあさま》？」

「言い返す言葉がありませんね」

視線を再び娘《シスベル》へ。

「ところでシスベル、太陽《ヒュドラ》が起こした事件のかわりに別のものを再現してくれますか」

「お任せあれですわ！」

力強く頷《うなず》いたシスベルが、どんと自分の胸を叩《たた》いてみせる。

「そのために戻ってきたのです。わたくしの灯《ともしび》なら半径三百メートル、過去二十年以内のどんな過去も――」

「三十年前の過去を再現してください」

「さ、さんじゅう⁉」

娘《シスベル》の声がひっくり返った。

それも当然だ。今まさに「二十年以内」と言った直後に、それを大幅に上回る「三十年前」を要求されたのだから。

「女王様《おかあさま》!?……え、ええと……わたくしが再現できるのは……」

「できるでしょう？」

こちらを見上げる娘《シスベル》へ、女王はふっと口元を和らげてみせた。

お見通しですよ、と。

「あなたが自己申告している『灯《ともしび》』の有効範囲、本当はもっと古くまで、もっと遠くまで再現することができるはず」

「……そ、それは」

「なにせ母ですから」

「……それは女王様《おかあさま》らしくない発言ですわ」

ムッ、とシスベルがやや不満げに口を尖《とが》らせた。

とっておきの手品の仕掛けを見破られたかのような、少しだけふて腐れた表情で。

「根拠を訊《たず》ねます」

「私も同じだったからです」

思えば。

こうも穏やかな気持ちで娘と話すのは、いつぶりだろう。

「子供は、親に隠し事をするのが好きですから」

子は親に似る。

とどのつまり、これこそが最強最大の根拠なのだ。

……でも。

……これから見る三十年前のことだけは、決して似ないでほしい。

向き合うのは自分だけでいい。

女王ではなく。母でもなく。

一人の星霊使いの少女だった自分の過去と——

「同じですよシスベル。私も、誰にも言わずに秘密にしていた過去がある。もう見たくないと目を背けていた過去が」

「……え？」

「私は臆病でした」

過去を見返すことを恐れていた。

もしも——

もしも自分が認識している過去が「真実《すべて》」でなかったとすれば——

私は──

彼になんて言葉をかければいいのかわからないから。

シスベルの灯《ともしび》が、光を放つ。

ミラベア・ルゥ・ネビュリス8世の前で、三十年前の真実《すべて》が蘇《よみがえ》った。

Chapter.2 『灯《ともしび》──戦闘人形と呼ばれた王女《わたし》は、──』

1

魔女の楽園『ネビュリス皇庁』。

すべての星霊使いの楽園を謳《うた》うこの新興国は、建国わずか数十年で世界最大の『帝国』と並ぶほどに勢力を拡大していた。

訓練された星霊部隊と、始祖ネビュリスに連なる強大な王家。

皇庁と帝国の戦いは──

周辺国をも巻きこんで、今後さらに拡大すると誰もが予想していた。

──ゆえに女王は求められたのだ。

圧倒的「強さ」。

国民を率いて帝国軍に立ち向かう。その強さこそ、女王に求められる絶対の資格だった。

ネビュリス王宮は、それぞれ白磁色に輝く四つの塔で構成される。

星の塔、月の塔、太陽の塔と呼ばれる三本。

その中心に聳《そび》える女王宮で――

「皆、緊急事態によくぞ集まってくれた」

冷厳にして力強い女声が、光あふれる会議室にこだました。

円卓に集うのは三十人超の男女だ。皇庁の政治を司《つかさど》る大臣たち、そして星霊部隊を指揮する星霊院の代表。

彼らに囲まれて――

紫の装束をまとう女王7世が、立ち上がった。

「第十三州アルカトルズ近辺の国境にて、帝国軍の隠密《おんみつ》部隊と思《おぼ》しき集団が発見された。ここは皇庁の州となってまだ新しい。国境検問所《チェックポイント》を抜けられれば、帝国兵が隠れ潜むには絶好の地だ。よって人員・設備両面での強化が必要だが……」

円卓の面々を見回して。

「担当官を決めている時間はない。女王特権により、私が指揮官を決定しようと思う。異議のある者は？」

誰一人として言葉を発さない。

女王の眼光は、それだけの圧を湛《たた》えていた。

──現女王カサンドラ・ゾア・ネビュリス7世。

月《ゾア》の当主にして現女王。

炎の星霊使いとして当代最強と謳われ、王女時代、帝国軍との戦いで数えきれぬ武勲を挙げた古強者《ふるつわもの》である。

「結構だ。では全員の了承により本件は──」

「……せ、僭越《せんえつ》ながら女王陛下」

会議室の壁沿いで。

黒スーツ姿の従者が、女王の声色を窺《うかが》うように恐る恐る口を開けた。

「……全員ではございません」

「なに？」

「恐れながら……ミラベア王女がまだ出席しておらず……」

従者の男が指さしたのは目の前の席だ。

一席分の空座。

そう。会議はとうに始まっているのに、「ミラベア・ルゥ・ネビュリス８世」と記されたプレートだけが裏返ったままである。

「何だと！」

女王の声に怒気が混じる。

現ネビュリス女王は月《ゾア》の血脈。

一方、会議に現れない王女は星《ルゥ》の血脈だ。他家に会議を妨げられ、女王が心情穏やかでないのも当然だろう。

「シュヴァルツ！　また、か、またミラベアか！」

「も、申し訳ありません！　お嬢が会議室の前でいきなり脱走し……ただいま全力で捜しておりますゆえ……」

深々と頭を下げる壮年の従者シュヴァルツ。

一礼し、自らも会議室の外へと飛びだしていく。そこには星の従者が何人も待機している状況だ。

「お嬢はどこだ！　皆も手伝ってくれ！」

「…………はぁ。またか」

「…………ミラベア様は一度いなくなると捜すのが大変なのに」

「諦めるな、捜せ！」

足取りの重い従者仲間を叱咤《しった》し、シュヴァルツが廊下を走りだす。

「ここ二年の統計上、昼の脱走なら中庭で昼寝がもっとも可能性が高い。屋上で日光浴という選択肢も忘れるな。城の外に逃げた可能性もあるし、それ以外の選択肢も否定はできない！」

「…………何もわかってないじゃないか」

「…………だからミラベア様の首には鈴をつけないと」

「いいから走れ！　ただし足音を聞けばお嬢が逃げる。捕まえる時は足音を殺して包囲してからだ！」

騒がしさを増す廊下。

シュヴァルツを含む従者が走りだす足音が響きわたり――

「うるさい」

ぼそりと。

その幼げな声に気づく者は、いなかった。

今まさにシュヴァルツが走りすぎていった廊下。その天井で輝く豪奢《ごうしゃ》なシャンデリアをハンモック代わりに。

「……会議は嫌いです」

ミラは、あくび混じりにそう呟《つぶや》いた。

ルゥ家第一王女ミラベア・ルゥ・ネビュリス8世——まだ幼さを残す十四歳の少女は、王家の異端児と言える存在だ。

短めの金髪はくしゃくしゃに寝癖がつき、櫛《くし》を通した跡さえない。

もう三日間も入浴していないせいである。

年頃の少女でありながら化粧を嫌い、煌《きら》びやかなドレスを嫌い、もっぱら戦場用に特化した衣装を好む変わり者なのだ。

「……ふぁ」

再び大アクビ。

シャンデリアの上で寝転がり、ミラは目を閉じた。

「ミラベア様！」

「ミラベア王女、どこですか⁉」

「――」

もちろん返事などしない。

「……その名前で呼ばないで」

ミラベアという名前は嫌いだ。

発声しにくい上に語感が美しくない気がする。

呼ぶならミラと呼んでほしい。といっても王女である自分を畏れ、なかなかミラという呼称は広まらない。

「……もういいです」

三度目の大あくび。

午後の自主訓練まで寝るとしよう。シャンデリアの上で、小柄な身体《からだ》をいかしてミラがごろんと寝返り。

それと時同じくして――

「シュヴァルツ？　娘への教育はどうなっていますか？」

ネビュリス王宮・星の塔。

当主の私室「星屑《ほしくず》の摩天楼」――

夜になれば満天の星を映したガラスの天井が、プラネタリウムさながらの景観をもたらすことで知られている。

「聞けば、ミラがまた会議を欠席したそうですね」

ベッドに横たわる壮年の女が、澄んだ蒼穹《そうきゅう》を見上げながら憂慮の息を吐きだした。

ルゥ家当主リリエル・ルゥ・ネビュリス7世。

他ならぬ王女ミラベアの母である。

「ミラは見つかりましたか？」

「……残念ながら」

そう応じるシュヴァルツは直立姿勢。

スーツが乱れて額に大粒の汗を浮かべているのは、今の今までミラを捜して走りまわっていたからだ。

「ルゥ家の従者総員で捜しておりますが、中庭にも屋上にも見当たらず。おそらく新しい隠れ場所を見つけたのかと……」

「もう会議も終わってしまいますね」

「……申し訳ありません」

会議を無断欠席する王女など、かつて一人としていなかった。

しかも昼寝をするだけのサボり。

ミラベアに貼られた烙印《レッテル》は「王女失格」。兵士や大臣からも、女王聖別儀礼《コンクラーヴェ》の脱落者が早くも出たと笑い話にされている。

「シュヴァルツ」

当主リリエルが、重苦しく嘆息。

「もう十年以上も前ですか。私は、女王聖別儀礼《コンクラーヴェ》で月《ゾア》のカサンドラに敗れました」

「…………はい」

「娘《ミラベア》には、私の悲願を叶《かな》えてほしいのです。女王の座を月《ゾア》から奪還する悲願を」

「肝に銘じております」

シュヴァルツとて願いは同じだ。

三王家にて星《ルゥ》と月《ゾア》は長らく女王の座を争ってきた。女王の座を奪還せんとする意思は、誰もが等しく抱く目標である。

にもかかわらず――

当の王女ミラベアが、あの有様《ありさま》である。

「シュヴァルツ、娘があぁなってしまった理由は何だと思いますか？」

「真《まこと》に申し上げにくいのですが、お嬢の言葉を借りるなら、王女としての教育全般が『すっきりしない』と……」

「すっきりしない？」

「はい。たとえば、あのような本の類です」

シュヴァルツが目をやったのは、当主のベッド脇にある書棚だ。

そこに収まった本を見つめて──

「法学、経済学、社会学、歴史、世界地理。どれも一国の王女なら履修すべき勉学ですが、お嬢はどれも自分にはしっくりこないと」

「娘《ミラベア》に学ぶ意欲がないと？」

「……はい。ただ、その主張は理解できます。知識を詰め込むだけの座学は大人とて辛《つら》い。そこで、まずは教養を身につけることから致しました」

絵画や歌唱、あるいはダンス。

これならば楽しく学べるだろうと、シュヴァルツは一流の講師陣を呼びよせた。

「ですがお嬢は逃げだしました。絵画や歌唱は、講師の価値観に大きく左右されるから好みではないと。誰の目からも絶対的な価値観で決まるものがいいと」

「具体的には？」

「……木登りや隠れんぼです。お嬢曰《いわ》く、勝ち負けがハッキリしていると」

見つかったら負け。

これほど絶対的に誰からも勝敗がわかりやすいものはない。

教養や勉強のように、第三者による価値観の介入がない。

自分が強いだけでいい。

だから良《い》いのだ、と。

「信じられますか？　先日の隠れんぼ、お嬢は自分の部屋を改造していたんです。絨毯《じゅうたん》の下に自分だけが隠れる溝を掘り、そこに五時間も隠れていて……酸欠になって飛びだしてくるまでわかりませんでしたよ」

「――――」

「その前の隠れんぼでは木の上に隠れていました。しかも体中を緑色のペンキで塗りたくっていたんです……王女がですよ」

ルゥ家の従者総員で城内を走りまわったのも記憶に新しい。

教育係を長く務めるシュヴァルツも、こんなに苦労する王女は初めてだ。

「困りましたね」

無言で話を聞いていた当主が、目を閉じた。

隠しようもない憂慮の声で。

「王女らしい教養と品性に欠け、家臣からの信頼も望めない。せめて私たちが祈れるのは、あの子が強い星霊に恵まれていることです」

「……異存ございません」

始祖ネビュリスの血脈は、代々、強大な星霊を宿す。

ゆえに他の星霊使いと区別して『純血種』と呼ぶ。王女ミラベアも間違いなくその血を継いでいるはずなのだ。

「お嬢の星紋は『風』でしたな」

ミラベアの星紋は首の裏側にある。

それが碧色《あおいろ》で風に該当する星霊だとはわかっているが、具体的にどんな力を持っているかは未知だ。

「……お嬢ももう十四歳です。そろそろ星霊の力を発動できるはずなのですが」

ミラベアは力を使わない。

まだ目覚めていないのか。当主であり母であるリリエルにさえ、ミラベアは自分の力を披露しようとしないのだ。

「シュヴァルツ」

当主の声に力がこもった。

「娘《ミラベア》に、星霊術の対人式の訓練を始めてもらいます」

「はいっ⁉」

シュヴァルツの喉から声が漏れた。

従者にあるまじきことと理解しながらも、主《あるじ》に向け、疑問を呈す。

「ですがお嬢は、まだ星霊術が発動できるかどうかもわかりません。実戦訓練は星霊術の基礎ができてからでは……！」

星霊術は、いわば超危険な火遊びだ。

身も心も発展途上の子供が扱えば、火遊びの火に吞《の》まれるのは自分自身だろう。星霊術を制御できる前からの実戦訓練などあり得ない。

「あまりに過程を飛ばしすぎています。それでは――」

「間に合いません」

シュヴァルツの決死の訴えは、当主の言葉に掻《か》き消《け》された。

「娘《ミラベア》に対する家臣の信頼が地に落ちている。この状況を続けるわけにはいきません」

「……そ、それは」

「原点に返るのです。女王には教養と品性が求められる。ですが始祖様の時代より、女王聖別儀礼《コンクラーヴェ》における真の選抜基準は――」

「……強いこと」

「そうなってもらいたいのです。娘《ミラベア》に」

床に伏せる当主が、こくんと頷《うなず》いた。

「対人戦の訓練内容は、シュヴァルツ、あなたに任せます」

「……畏《かしこ》まりました」

主の命だ。従うほかない。

だが王女ミラベアに実戦訓練は明らかに時期尚早だ。星霊使いとして目覚めているかもわからないのに。

「……お嬢が素直に訓練に励んでくださるかは保証しかねます」

すぐに逃げだすのではないか？

その不安が――

三日後。

シュヴァルツの予想だにしない形で、吹き飛ぶことになる。

2

ネビュリス皇庁、中央州。

はるか地平線に連なる大雪渓を望む、都市郊外へ。

「シュヴァルツ」

車窓に映るのは、のどかな田園と森林。

緑豊かな光景をぼんやりと眺めながら、ミラは運転席の従者に声をかけた。

「どこに行くのですか？」

「ルゥ・エルッ宮です。お嬢が五歳の春に一度訪れた別荘ですよ」

「そうですか」

無感情にそう応えながら。

ミラは、ちらりと運転席を横目で見やった。

「ところでシュヴァルツ、今日は服装が違うのですね」

「……む？」

運転席の従者は、いつもと変わらぬスーツ姿だ。

スーツには皺《しわ》一つなく、不快でない程度に香る香水も変わらない。

「ああ昨日は灰色のスーツでしたな。本日は黒なので、そういう意味でしたら――」

「スーツの下に何を着込んでいるのですか」

「っ⁉」

キッ、と乗用車のタイヤが悲鳴を上げた。

シュヴァルツが思わず全身を一瞬硬直させたがゆえに、アクセルペダルを踏みつける足が固まったのだ。

「僅かに着膨れています」

「…………お嬢？」

「肌着とシャツの間にもう一枚、着込んでいますね。シャツが白ではなく青地であるのは、内側に着込んでいるものが透けないため」

スーツの胸元を指さす。

ハンドルを握りながらも、こちらを凝視する従者に向けて。

「薄型の対衝衣《ボディアーマー》ですね。風や波動の星霊術に備えて使われる」

「……驚きました」

従者が、ごくんと息を呑む。

「素晴らしい観察眼です。本日は法学の講義を取りやめ、星霊術の勉強をしていただくことになりました」

「勉強ではなく実戦でしょう？」

「っ！」

「星霊術の座学なら王宮でいい。わざわざ別荘で行うのは、この訓練を月《ゾア》や太陽《ヒュドラ》に見せないため。つまり私の星霊術を秘《ひそ》かに磨くための実戦」

「…………」

従者が声を失った。

運転席のハンドルを握りしめ、唖然《あぜん》とした面持ちでこちらを見つめる彼へ。

「残念ですがシュヴァルツ」

ミラはぼそりと口にした。

「私は、あなたの期待に応えることができません」

ルゥ・エルツ宮。

石垣に囲まれた一帯すべてが、この古城の敷地《しきち》である。ゴルフ場とも錯覚しそうなほど広大な芝生で。

「説明の手間が省けましたな」

シュヴァルツが歩いていく先は城ではなく、城の奥にある森の方角だ。

「この別荘にて、お嬢には星霊術の訓練をしていただきます」

「────」

「当主様は心配しておられました。お嬢が立派な王女になる気があるのかと。勉強や教養の好き嫌いもそうですが、毎回のように会議を無断欠席されているのが何より問題です。これでは家臣からの信頼も期待できないと」

「────」

「いいですかお嬢。我々ルゥ家は、二代続けて女王聖別儀礼《コンクラーヴェ》でゾア家に敗れています。この苦渋をぜひ拭って頂きたい。お嬢が女王になるために、私も当主様も心を鬼にしなければいけないと決めました！」

「────」

「お嬢に残された女王への道筋は『武勲』です。帝国軍との戦いで輝かしき戦果を挙げれば、必ずや女王聖別儀礼《コンクラーヴェ》で大きな武器となる。ですが戦場は常に死の危険を孕《はら》んでいる。お嬢のワガママに目を瞑《つぶ》っていた私も、この訓練だけは………む？」

返事がない。

シュヴァルツが振り向いた時にはもう、後ろを歩いていたはずのミラは森の別方向へと走りだしていた。

「長話は嫌いです」

「お嬢――――っっ⁉」

森の茂みに躊躇《ちゅうちょ》なく飛びこむミラ。

それを追ってシュヴァルツも茂みに飛びこんで――

二十分後。

「はぁ……はぁ……ど、どうですかお嬢。この森は、私の庭も同然で……はぁ、ふぅ……地の利は私にあったようですな……」

全身木の葉まみれのシュヴァルツ。

そんな彼に腕を摑《つか》まれ、ミラは憮然《ぶぜん》とした面持ちで立っていた。

捕まえられたからではない。この従者が、息を整えるのに精一杯で何も気づかないから苛立《いらだ》っているのだ。

「鈍感」

「……はぁ……はぁ……え？　何ですかお嬢？」

「何でもありません」

こちらは息一つ切らしていないのに、そんなことにも気づいてくれない。

もういい。

元より星霊術の訓練などまっぴらご免だ。

「さあ行きますよお嬢。走りまわって余計な迂回《うかい》をしましたが、このすぐ先です」

「────」

歩きだす従者。

だがミラは、木々に囲まれて微動だにしなかった。

「シュヴァルツ。私は星霊術の訓練をする気はありません。なぜなら──」

「ああいや、お嬢、お待ちを。皆まで言わずともわかります」

従者が振り返る。

やれやれと、悟りきったと言わんばかりの表情で。

「わかっていました。この訓練、お嬢が熱意をもって打ち込めるとは思っておりません。経済学や社会学の勉強と同じく投げだされてしまうでしょう。ですがお嬢、この星霊術だけは、ただの勉強ではないのです！」

「私が言いたいのは……」

「星霊術とは！　我々星霊使いの誇りです。そしてお嬢は誉れ高きルゥ家の王女！　まだ星霊術を発動できずとも、まずは──」

ぎちっ。

シュヴァルツの頭上で、奇怪な音が響きわたった。

「……む？」

ぎちっ。

ぎちっ、ぎちぎちぎちっっ……

音は止まるどころか、さらに騒々しく、シュヴァルツの前後左右からも鳴り始める。

「な、何だこれは⁉　虫か？　そうだとしたら音が大きすぎる……」

「大気です」

「っ⁉」

「私の星霊は『衝撃』。大気に干渉し、空気の断層現象を引き起こす」

木々に囲まれたミラ。

その姿が陽炎《かげろう》のように揺らめく光景に、シュヴァルツは我が目と耳を疑った。

まさか。

「星霊術とは、こういうものですか？」

パチン。

ミラが指を打ち鳴らす、途端——

渦巻く大気が、嵐のごとく逆回転し始めた。

竜巻のごとく捻《ねじ》れた猛烈な風が、巨大な木々の幹を紙ストローのごとく捩《ね》じ切《き》り、真っ二つに切断していく。

「屈《かが》んだ方がいいですよ」

「なっ、何ですと⁉」

半径数十メートル――

地面に突っ伏したシュヴァルツが、やがて恐る恐る見上げたそこに森はなかった。

木という木が、幹の半ばから捻り千切られていたのだ。

森の一角が消失した。

「………お……お嬢……」

地面に膝を突いたまま立ち上がれない。

まさしく頭を殴られたかのような驚愕《きょうがく》に、シュヴァルツは眼前の王女を呆然《ぼうぜん》と見上げるしかなかった。

「……星霊術を……習得していたのですか……いつの間に……」

いや違う。

真に刮目《かつもく》すべきは森を半壊させるその威力、そして精度だ。

木々をズタズタに斬り裂いた大気の刃《やいば》。だがシュヴァルツとミラの立っていた、わずか一メートル四方だけは嘘《うそ》のように無風だった。

神業と。

そう呼ぶほかない精密なる制御力ではないか。

——もしも。

——もしも王女が好奇心に駆られ、この術をネビュリス王宮で撃とうものなら。

大惨劇だ。

いかなる純血種や星霊部隊の精鋭も、この見えざる大鎌から咄嗟《とっさ》に逃れられる者が果たしてどれだけいることか。

「……お嬢。いったい誰ですか……」

「ん？」

「お嬢に星霊術を教えた者です。先ほどの術、お嬢の年頃で習得できる域ではありません。さぞ名のある者がいるのかなと」

「暇つぶしです」

「……はい？」

「昼寝の合間に覚えました」

無表情で答える王女に、シュヴァルツは今度こそ言葉を失った。

独学？

偉大なる先駆者たちの知恵に依《よ》らず、この年齢で、この域まで高めたというのか。

「なんという才能ですかお嬢！」

シュヴァルツは立ち上がった。

膝についた土埃《つちぼこり》を払うことも忘れ、森に声を響かせて。

「私の目が節穴でした。お嬢の才覚は我が皇庁にとって多大なる力となります。これを生かすことができれば女王聖別儀礼《コンクラーヴェ》も——」

「嫌です」

「………………はい？」

「星霊術で遊ぶのは飽きました」

ミラの言葉の意味——

もう星霊術は遊び尽くした。長らく教育係であるシュヴァルツだからこそミラの真意に気づき、そしてゾッとした。

隠れんぼや鬼ごっこで、ミラがしばしば姿を隠していた理由。

星霊術の一人遊戯をしていたのだ。

——他の王女が、帝王学に費やしていた時間と努力のすべてを。

——ミラは、星霊術を玩具《おもちゃ》として遊び尽くしていた。

そして飽きたと言う。

「ですがお嬢！　お嬢のその才能は……っ⁉」

声が凍りついた。

いつの間にか、シュヴァルツの首筋に大ぶりのナイフが突きつけられていたからだ。

ミラの握ったナイフが。

「……お、お嬢？」

「シュヴァルツ。私、戦闘術が面白いと思い始めました」

ナイフを引っ込めるミラ。

だが「面白い」と言いながら、大粒の宝石を思わせる双眸《そうぼう》には一切の感情が映っていない。まるで人形さながらに。

「近接戦闘術です。星霊術は私に教えられる者がいないから自習しました。でも格闘技なら先達がいるでしょう？　手配してください」

「…………」

シュヴァルツは、すぐに頷《うなず》くことができなかった。

王女ミラベアが関心を抱くものが見つかった。教育係としてこれほど嬉《うれ》しいことはない。

一方で——

これは本当に正しいのか？

骨格となる「人」の道徳も品格もなく、ミラベアの求めるがままに星霊術と戦闘術だけを与え続ける。その果てに正しき成長はありえるのか？

そんなシュヴァルツの悪寒《おかん》が——

現実になるのは、わずか半年後のことだった。

3

ネビュリス皇庁・女王宮。

会議室に、張りつめた苦悩が満ちていた。

「第十一派遣部隊より報告。帝国軍の戦車部隊の侵攻により、作戦基地を破棄。後退しつつ第二基地で抗戦とのこと」

そこまで報告書を読み上げて——

星霊部隊を統括する星霊院の幹部が、苦々しく口を歪《ゆが》めた。

「……いかがでしょう女王陛下」

「手短に言えば、苦戦しているのだな」

女王ネビュリス7世も口ぶりが重たい。

宙を睨《にら》みつけるがごとき形相で。

「バルフォア隊長。その前線には、我ら月《ゾア》からグロウリィ卿《きょう》が向かったはずだが」

ゾア家当主代理グロウリィ。

極めて珍しい反撃《カウンター》型「罪」の星霊を所持する純血種だ。術の発動条件さえ満たせば、その戦場制圧力は他の追随を許さない。

が。

「……恐れながら帝国軍の最新兵器と相性が悪く、グロウリィ卿の『罪』の星霊も十分に育たないとのことで」

「女王陛下」

続いて隣の幹部も、押し殺した声音で。

「これは未確認情報ですが、帝都から第二陣が飛び立ったという報告もあります。我々も増援を検討すべきかと」

「……増援か」

言葉の歯切れが悪い。

それはネビュリス7世が滅多に見せない反応だ。

「……増援を求めて出せるようなら、とうに出している」

皇庁の主戦力は、星霊部隊だ。

だが星霊部隊は、まず星霊使いとしての修行期間を要する。

強力な武装で個々の戦力が均等化される帝国兵と違い、星霊使いは個々の星霊によって実力が大きく違う。

——育成に時間がかかるのだ。

そして動かせる星霊部隊は、すべて各地に派遣してしまっている。

これ以上の増援は……

「お嬢！　お嬢、お待ちください！」

男の叫び声が響きわたった。

会議室の扉が勢いよく開かれて、円卓の誰もが入り口へと振り返る。

「失礼します」

ぼろぼろの衣装をまとった王女が、そこにいた。

「……ミラ？」

女王のみならず、大臣も、兵士も、誰もが目を疑ったことだろう。

ほぼ半年ぶりに見る。

重要会議をことごとくすっぽかしてきた王女ミラベアが――

「ルゥ家に増援の話が来たそうですね。そこで女王陛下に話があります」

図々《ずうずう》しいほどの大股で入室してくる王女。

天井のシャンデリアに照らし出されるミラの姿に、円卓の誰もが息を呑《の》んだ。

なんだこの薄汚い格好は？

野生児じみた姿は――

特注の王衣は肩から先が斬り裂かれ、日焼けした両肩が露出している。

絨毯《じゅうたん》まで届くはずの麗《うるわ》しきスカートも、運動着かのように太股《ふともも》あたりで生地が千切り取られているではないか。

「ミラベア王女！」

大臣が椅子から立ち上がった。

「そ、そのお姿は何なのです！　仮にも閣議、女王陛下の前ですぞ！」

「――」

ミラは答えない。

抗議など聞こえてもいないとばかりに、大臣たちの前を堂々と横切って。

「女王陛下」

ネビュリス7世の目の前へ。

座して佇《たたず》む女王を、見下ろすようにまっすぐ見つめて。

「あいにくですがルゥ家から増援は出せません」

「……ほう？」

ミラの一言に、女王カサンドラはピクリと眉を痙攣《けいれん》させた。なんだその不遜な物言い、不遜な態度は。

だが何よりも──

何だ、その機械じみた無機質な目は。

「ミラベアよ。事態を理解していないのか？　月《ゾア》からも太陽《ヒュドラ》からも多くの同志が国を守るために手を挙げた。三王家で星《ルゥ》だけが──」

「邪魔です」

「……何？」

「私一人いればいい」

どういう意味だ？

あまりに突拍子もない言葉に、女王も大臣たちも呆気《あっけ》に取《と》られている間に——

「失礼」

王女がクルンと踵《きびす》を返《かえ》す。

何も無かったはずの両手に、いつの間にか大ぶりのナイフを携えて。

「————————」

その後ろ姿に。

女王カサンドラは、自分でも理解できぬまま冷たい汗を流していた。本来ならばこんな非常識な態度を咎《とが》める立場であるはずなのに。

喉が痙攣し、声が出なかった。

……人間と相対した気がしない。

あの空虚な目。

昆虫よりも無機質で肉食獣より恐ろしい。感情が宿っていないのだ。ただただ戦場へと赴くだけの——

「……戦闘人形《オートマタ》か、あの娘は」

女王のその掠《かす》れ声を。

真の意味で理解した者は、まだこの円卓には存在しなかった。

4

デルタ山脈南西。

帝国軍・第八次観測施設。

見晴らしの良い崖上《い》から、前方に連なる白嶺《しらね》を一望する。双眼鏡に映る山岳地帯は今、濛々《もうもう》と立ちこめる砂煙に覆われていた。

「順調だな」

部下へ、自分の双眼鏡を放り投げる。

お前も見てみろ——と、帝国軍マグナカッッサ隊長は真顔で頷いた。

司令部統括隊長マグナカッッサ・ガンファイト。

機構Ⅱ師の時代から類い希《まれ》な指揮発案能力を発揮してきた、生粋の軍師型軍人だ。

「音響兵器セイレーン。帝都の研究室に多額の予算を積んだ甲斐《かい》があった。見ろ、崖下の星霊部隊はもう撤退だ」

「はっ。奴《やつ》ら今ごろ、慌てふためいていることでしょう」

星霊の自動防衛が発動しない。

星霊には、宿主の人間を守ろうとする迎撃能力が備わっている。中には自動防衛だけで機関銃の一斉掃射を受けとめてしまう星霊もあるほどだ。

——音響兵器セイレーンはそれを無効化する。

この兵器の正体は「ただの音」。

自然界のどこにでも満ちる音は、この星で、戦闘とはおよそかけ離れた概念のものだ。

ゆえに星霊が危険と認識できない。

火薬やレーザー、銃弾のように明確な「攻撃」を察知する自動防衛が、この音響兵器を感知できないのだ。

「音響兵器《セイレーン》搭載車、三台、このまま前進せよ」

もはや戦場は制圧した。

見えざる音の津波を浴び、魔女が次々と地に倒れていく。

「南西部から北東部へ進軍。この先の星脈噴出泉《ボルテックス》を奪回し——」

『隊長！　前線より緊急報告です！』

通信が飛びこんできたのは、その時だ。

『機構Ⅱ師第〇一一から〇一九部隊まで応答しません……沈黙です……！』

「何だと⁉」

通信がもたらす情報を、マグナカッサの脳が理解しきれなかった。

前線部隊が、沈黙？

どういうことだ。

星霊部隊は完璧に無力化したはずだ。皇庁《てき》の援軍か？

「……ありえん。音響兵器《セイレーン》は常時作動型だ。あの前線一帯は、不可視の音が嵐さながらに荒れ狂っているのだぞ⁉」

皇庁《てき》の援軍だとしても。

いったいどうやって、あの音の嵐のなかを越えてきたというのだ。

一方――

皇庁の星霊部隊にとっても、想像の範疇《はんちゅう》を超える事態が起きていた。

‖

デルタ山脈南西部。

そこに陣を敷いていた星霊部隊は、帝国軍の進撃に押されて戦闘維持戦力を失い、既に後退を開始していた。

帝国軍の戦車部隊が迫るなか──

「……ぬかったか！」

車椅子の男が、車椅子から音を立てて転倒した。

ゾア家当主代理グロウリィ。

足を患《わずら》っているがゆえに音響兵器《セイレーン》の範囲から逃れられず、さらに反撃型《カウンター》の罪の星霊が、
この荒れ狂う音波を攻撃だと認識できていないのだ。

「……まだか……まだ育たんのか！」

車椅子の陰から、うっすらと紫色に輝く星霊光。罪の星霊がようやく目覚め、星霊光が
凝縮して六本足の猟犬が象《かたど》られていく。

だが小さい。

罪の星霊が生みだす化身獣《アバター》は、本来なら見上げるほどの巨人まで育つはずなのに。

「…………これでは……」

帝国軍の戦車はおろか一斉射撃さえ防げない。

そこへ激震。

帝国軍の戦車が、地響きを立てて押し寄せてくる。

「ぐっ！」

戦車の砲台がこちらへ。

化身獣《アバター》では防ぎきれない。グロウリィが自身の敗北を受け入れた、その瞬間――


――衝撃『風神風界曼荼羅《まんだら》』。


ぎちっ。

大気が拉《ひしゃ》げ、何十という烈風の層がグロウリィの眼前に広がった。

幾何学模様を描く暴風が、戦車の砲撃すべてを受けとめ、迫り来る戦車本体を紙クズのごとく吹き飛ばしていく。

「……なにっ⁉」

何だこの暴虐の嵐は⁉

星霊術だとしか思えない。だがこの状況で誰が――

「間に合いましたね」

砂塵《さじん》の向こう。

小柄な少女が、金の短髪を激しく揺らしながら飛びこんでくる。およそ戦場の装備とは思えない半袖の装束でだ。

「……ルゥ家の小娘？」

ミラベア・ルゥ・ネビュリス8世。

王家にて「女王失格」の烙印《らくいん》を押された王女が、砂塵を背に現れたのだ。

「援軍です」

「っ！　だ、だが他に誰も……⁉」

「私以外に必要ですか？」

倒れた車椅子を容赦なく踏みつけ、王女がグロウリィを背負いあげる。

と思ったそばから――

「自己責任で摑《つか》まっていてください」

「ぐおっ⁉」

急加速。

王女ミラが、後方の断崖絶壁へと走りだしたではないか。

「小娘まさか⁉」

返事はなかった。

グロウリィの察した悪寒《おかん》そのままに、ミラは、山の断崖絶壁から飛び降りた。

死ぬ気か？

数十メートル下の裂け目へと落下していく。

その空中で、ミラが真横に跳んだ。崖の岩肌のわずかな窪《くぼ》みに足の先端を引っかけて、それを足場に奥の窪みへと飛び移ったのだ。

野生の山羊《やぎ》さながらに、断崖絶壁を駆け下りていく。

「っ⁉　この娘、本当に人間か？」

背負われているグロウリィの方が信じられない。

なにしろ大人一人を背負っているのだ。どれほど並外れた肉体と運動神経であれば、こうも神業めいた曲芸ができるのか。

――着地。

ミラが駆け下りた崖下は、岩肌に囲まれた渓谷だった。

帝国軍は崖の上。ここならば戦車でも追跡できず、あの厄介な音響兵器の音も届くまい。

胸をなで下ろしかけて――

「死にますよ」

「っ⁉」

「目の前を見たらどうですか」

ミラの一声と同時に、グロウリィは背から地に投げだされた。

その頬すれすれを、凄《すさ》まじい速度で何かが掠めていく。

「狙撃かっ⁉」

表情を引《ひ》き攣《つ》らせて振り返る。

見えた。渓谷の岩の奥に、迷彩服を着た帝国軍が銃を構えている。

「奴ら、こんなところにまで！」

「先ほど見つけておきました。ここが本拠地です」

「…………は？」

話が噛《か》み合《あ》わない。

帝国軍に先回りされたと身構えるグロウリィの隣で、金髪の王女はなぜか当然とばかりに大型ナイフを引き抜いている。

「小娘、まさか……」

「足手まといなので隠れていてください」

銃を構える帝国軍めがけ、ミラが地を蹴った。

そう、この王女は逃げるために崖を下りたのではない。最初から帝国軍の本拠地を殲滅《せんめつ》する気でいたのだ。

グロウリィの救出は、そのついで。

「…………」

地に伏せるグロウリィの前で――

ルゥ家の王女一人によって、帝国軍が蹂躙《じゅうりん》された。

「終わりました」

渓谷に散らばった無数の銃を見下ろすミラ。

最新兵器で武装した帝国部隊を、たった一人で撤退に追い込む。そのあまりに圧倒的な暴虐を目の当《ま》たりにして。

「……負ける……のか？」

グロウリィの額から顎先に、冷たい汗が滴《したた》っていった。

ゾア家は負ける。

王女にふさわしい教養？　品性？　知識？　否《いな》。そんなものすべてを容易《たやす》く踏み潰す、圧倒的な「個の強さ」を見せつけられた。

――この王女を生かしておけば。

――次の女王聖別儀礼《コンクラーヴェ》、女王の座は間違いなくこの娘のものになる。

月《ゾア》の未来のために。

この娘を亡《な》き者にしなくては。幸いここは帝国軍との戦闘地域だ。帝国軍にやられたという名目にすればいい。

「…………」

先ほどの化身獣《アバター》を無言で呼び寄せる。

ミラベア王女はこちらに背を向けて、帝国軍が落としていった銃器を戦果代わりに拾い集めている最中だ。

「罪の星霊よ」

その無防備な背中めがけ、化身獣《アバター》に攻撃命令を――

「霞目《かすみめ》ですか？」

さくっ。

グロウリィの首筋に、冷たく硬い何かが押しつけられた。

ナイフの刃《やいば》が。

「〜〜〜〜〜〜っっ⁉」

気づけば。

吐息がかかるほどの至近距離に、無感情の目をした王女が迫っていた。

「そこに帝国兵はいませんよ。いるのは私だけです」

「っ⁉」

「罪の星霊に攻撃命令を仕掛けようとした。誰を狙ってですか」

「……っ！」

ゾッと汗が噴きだす。

「ここは戦場。あなたが帝国兵の銃弾で倒れたことにしても良いのですよ？」

「………ワシの負けだ」

化身獣《アバター》を解除。

無防備となり、グロウリィは両手を上げた。

「帰還後、お前の武勲を報告する。次の女王聖別儀礼《コンクラーヴェ》、お前への加勢になるだろう。これで手打ちとしてくれ」

「世渡りがお上手で何よりです」

王女ミラベアがナイフを納める。

と思いきや、渓谷の川を上流めがけて再び歩きだして。

「私は奥の帝国軍を追い払ってから帰還します。あなたは足手まといなので先に帰っていてください」

王女の姿が見えなくなるのを、グロウリィはただ呆然《ぼうぜん》と見守って——

「…………」

「素晴らしい」

ぱちぱちと、場にそぐわぬ拍手が忽然《こつぜん》と響きわたった。

いつ何処《どこ》からやってきたのか。

背後に、金髪の青年が優雅に佇《たたず》んでいたのだ。

「ルゥ家のミラベア王女。どんな歴代王女とも似つかないな。さしずめ王家の突然変異か。あの戦闘力は少々危ういな」

まるで映画の俳優めいた微笑。

戦場の雰囲気とは程遠い——

ここへピクニックをしに来ましたと言わんばかりの、小洒落《こじゃれ》た白のスーツ姿でだ。

「大変ご無沙汰しております、グロウリィ卿《きょう》」

「……タリスマンの小僧？」

「増援として僕も駆けつけたのですが、詮なき行為だったようです。いやしかし、彼女の実力を間近で見る事ができたのは幸運だった」

スーツをはためかせて踵《きびす》を返《かえ》す。

「僕も研究を急がねば」

研究？

ヒュドラ家の若き当主代理が口にした単語を訊《たず》ねる間もなく、その青年は颯爽《さっそう》と渓谷の奥へと歩きだした。ミラと反対の方角へ――

「月《ソア》の救助部隊がじきここにたどり着くでしょう。失礼しますグロウリィ卿」

「…………」

その翌日。

帰還したグロウリィの報告により、王女ミラベアの評価は逆転した。

王女失格から――

史上最強の女王候補へ。

ミラベア・ルゥ・ネビュリス８世がそう称されるまで、時間はさほどかからなかった。

だが当の本人は――

「お嬢！　いま何と仰《おつしや》ったのですか⁉」

「飽きました」

中庭の芝生に寝っ転がる。

ミラは、群青《ぐんじょう》色の空に棚引く白雲をぼんやりと眺めていた。

空はいい。

空だけはどれだけ眺めても飽きることがない。

「帝国軍との戦いに飽きました。もう戦場には行きません。シュヴァルツ、女王陛下には
そう言っておいてください」

「な、何をっ⁉ お嬢の力さえあれば……」

「帝国軍がつまらないのです」

遊べるか、遊べないか。

ミラの価値観は、それしかないと言っても過言ではない。

帝国兵の99パーセントは弱小だ。

たとえば帝国軍の銃は多くの星霊使いにとって脅威だが、その銃弾が自分《ミラ》に通じないと
わかった途端、帝国兵は恐ろしいほど呆気《あっけ》なく敗走していく。

なんと無感動だろう。

「武器が強いのであって帝国兵が強いわけではない。だから興味が失《う》せました」

「し、しかしお嬢……帝国軍には使徒聖という……」

「一抹の例外でしょう」

帝国軍には、使徒聖と呼ばれる最上位戦闘員がいる。

しかし天帝直属の彼らは滅多に帝国外に出てこない。戦場でばったり出会《でくわ》すというのは奇跡に近い。

「……面白くない……この世界は面白くない……」

ゴロンと寝返り。

口を尖《とが》らせ、ふて腐れたようにそう呟《つぶや》く。

相手が欲しい。

どこかに、誰かいないのか？

遊んでも遊び尽くせない、無限に遊んでくれる相手はいないのか？

そんな幼心の願いを星に祈って——

数日後。

皇庁を震わせる魔人サリンジャーという男の噂《うわさ》を、ミラは聞いた。

Chapter.3 『灯《ともしび》―魔人と呼ばれた彼《オレ》は、―』

1

サリンジャーは――

この世で最も賤しき星霊を宿し、生まれた時から大罪を運命付けられた。

水鏡の星霊。

手のひらにある星紋で相手の星紋に一分以上触れることで、相手の星霊を分裂させて、その半分を写し取る。

……賤《いや》しき盗人《ぬすっと》。

……他者の力に依存するしかできない、呪われた星霊。

だがサリンジャーは恐れなかった。

他者の星霊を奪うこと。さらには星霊を奪うことで他者から憎まれ、皇庁という国で孤立することを恐れなかった。

理念があったのだ。

必ずや星霊使いの頂に達してみせよう——

その結果、皇庁の秩序を乱す罪人として恐れられ、あらゆる正義に目をつけられた。

警務隊や星霊部隊。

それらを悉《ことごと》く返り討ちにしていくなかで、星霊術《ストック》は自然と増えた。

——超越の魔人。

皇庁を震え上がらせるだけの異名を得て、だがサリンジャーは理解していた。

どれだけ警務隊や星霊部隊を倒しても意味がない。

超越すべきは、頂点。

始祖ネビュリスに連なる王家——純血種こそ、星霊使いとして超えねばならない最強の相手なのだと。

═══

ネビュリス皇庁・中央州。

主要駅《ターミナル》『サクラリス・ネビュリカ』は、雪化粧のように白いドームが特徴の駅だ。

乗降客数は一日に数十万。

皇庁内でも圧倒的な数の乗客に紛れ、指名手配中の罪人サリンジャーは主要駅《ターミナル》の改札を抜けた。

「――」

午後六時。

煌々《こうこう》と燃える夕陽《ゆうひ》が落ちていく。

行き交う者の多くが帰路につくなか、無言で、サリンジャーは広場のベンチに石像のごとく佇んでいた。

やや硬めな髪質の白髪《しろかみ》に、鋭い眼光。

凛々《りり》しく彫りの深い面立ちは映画俳優もかくやと言わん美貌を湛《たた》えているが、何よりの特徴は服装にある。

裸の上半身に、コート一枚を引っかけただけ。

強い夕陽に照らされて、鍛えられた筋骨逞《きんこつたくま》しい肉体美が露《あら》わになる。広場の女性たちが、その姿をちらちらと盗み見ては横切っていくなかで――

「……頃合いか」

サリンジャーは、自らに言い聞かせるように口にした。

皇庁全土で恐れられる男が、ネビュリス王宮まで目と鼻の先という主要駅《ターミナル》にこうも堂々と現れた理由。

――戦線布告。

自分《サリンジャー》は何者も恐れない。

警務隊も星霊部隊も。そして皇庁を支配する始祖の末裔《まつえい》さえも。この一切臆さぬ登場が、何よりも明確な意思表示となる。

「始祖の末裔ども。貴様らには王家を冠する資格はない」

皇庁《このくに》は「星霊使いの楽園」を謳《うた》う。

だがサリンジャーは、その支配者たるネビュリス王家を認めない。

王家に生まれた幸運をさも己の功績とばかりに驕《おご》り、生来の星霊の強さにあぐらをかき、より高きに昇る努力も知らない。

自分《サリンジャー》は、そんな連中に見下される気はない。なぜならば――

気高きは血筋にあらず、理念に宿る。

サリンジャーは自分の姓を忘れた。

自己を決定づけるのは「我」のみで足り、血筋を示す姓など必要ない。

そして超越するのだ。

驕り高ぶった王家を。

「……良《い》い時間だ」

ベンチからゆるりと立ち上がり、振り返る。

燃え上がる夕陽はビル群の谷間に落ち、頭上には黒の帳《とばり》が覆い始めている。だからこそ、煌々とそびえ立つネビュリス王宮のなんという存在感か。

星霊の輝き――

そして最高の舞台には、最高の筋書き《シナリオ》こそが相応《ふさわ》しい。

「序章《プロローグ》から女王では雅《みやび》に欠けるであろう？」

まずは三王家。

月《ゾア》、星《ルゥ》、太陽《ヒュドラ》それぞれの血脈を下したうえで、最後に女王を倒してこそ物語は美しい。

では誰から狙う？

……王宮に忍びこんで手当たり次第と言いたいが、それは愚者の振るまいか。

……単身挑んだとしても、多勢に無勢で囲まれてはな。

純血種は一人一人が最上位の星霊使い。それは事実である。

さらに王宮内の警備も厳重だ。城内で異変が起きれば、選《よ》りすぐりの衛兵たちがすぐに駆けつけてくるだろう。

「まずは城の外か」

神秘的に輝くネビュリス王宮に背を向けて、夜道を歩きだす。

延々と。

瞬《また》く間《ま》に体温を奪う極寒の夜風に煽《あお》られ、全身が粟立《あわだ》ちながらもなお、サリンジャーの唇は歓喜を湛えていた。

「待ち望んだぞ」

舞台は組み上がった。

壮大なる「王家超越」の筋書《シナリオ》き。サリンジャーがその最初の舞台として選んだものは、鈍色に輝く高層ビルだった。

ヒュドラ学術院、先端星霊工学研究所。

通称『雪と太陽《スノウ・ザ・サン》』。

三王家の一つ「太陽《ヒュドラ》」の研究拠点。

星の核《コア》から噴きだす星霊エネルギーを、電気やガスに代わる第四次エネルギー革命とするための研究所である。

「――というのが表向き」

公道を挟んだ雪と太陽《スノウ・ザ・サン》の正面。

巨大ビルの屋上の縁に立ち、その正面ゲートをじっと見下ろす。

ぶ厚すぎるコンクリート塀。

ゲートの両脇に立つ警備兵も装備が厳重すぎる。対星霊盾《ライオットシールド》を構えた警備兵など他の施設のどこにもいまい。

「実態は、ヒュドラ家の私兵のたまり場であろう？」

月《ゾア》や星《ルゥ》にも私兵はいる。

これは各王家の活動の一環で、公然と任務を遂行する正規の密偵《エージェント》である。

だが――

ここ数年、太陽の私兵が急増しているらしい。

それも密偵《エージェント》ではなく戦闘用の私兵をだ。

「何か企《たくら》んでいるな」

サリンジャーがここを選んだのは、太陽《ヒュドラ》の大物がしばしば雪と太陽《スノウ・ザ・サン》に出入りしているという噂《うわさ》にある。

「それが真実なら、ここで待っていれば……」

黄昏《たそがれ》から夜へ。

夜から真夜中へ。

寒風吹きすさぶなか、ビルの屋上から雪と太陽《スノウ・ザ・サン》のゲートを監視し続ける。

この暗闇のなか雪と太陽《スノウ・ザ・サン》の門兵がこちらを発見することは不可能に思えるが、星霊術ならばその限りではない。

……暗視カメラよりも精度の高い認識系の星霊術。

……あとは物音を拾う感知系の星霊術。

あるいはその両方か。

息を殺し、全身が凍えるほどの寒風のなかを耐え忍び——

「っ。奴《やつ》は……」

雪と太陽《スノウ・ザ・サン》の正門ゲートに現れたスーツ姿の男。

照明に照らされた大物の顔に、サリンジャーはわずかに吐息をこぼした。

「王宮守護星ジャネス……か」

右目に刻まれた古い傷痕がちらりと見えた。

この皇庁で知らぬ者などいまい。

太陽の現当主アーケンの右腕にあたる護衛。常に当主の傍《かたわ》らにいるべき男が、この深夜に？　たった一人で？

それほどの立場の男が、軽はずみな独断行動を取るわけがない。

「……当主から何かを命じられたか」

その根拠は、男が抱えた黒い鞄《かばん》だ。

わざわざ夜に乗じ、さらに鞄が黒いのも闇夜に紛れさせるためだろう。

何か、ある。

そう感じた瞬間、サリンジャーは一切の躊躇《ちゅうちょ》なく、高層ビルの屋上から飛び降りた。

「風よ」

両の手のひらに輝く水鏡の星紋。

過去に奪った風の星霊術が、急降下するサリンジャーを繭のごとく包んで落下速度と落下方向を軌道修正。

王宮守護星ジャネスの頭上から急降下。

その勢いで、空中で踵《かかと》を振り下ろす。狙うは脳天――

「っ！」

その瞬間、ジャネスが恐ろしい勢いで宙を見上げた。

気づかれた。

高層ビルから落下する風鳴りか、それとも感知系の星霊術か。だが。

「舞台に上がるのは初めてか？」

急降下しながら――

こちらを見上げるジャネスへ、サリンジャーは冷笑で応じてみせた。

「端役《はやく》が。スポットライトも知らぬと見える」

「っっ⁉」

光に目を灼《や》かれた王宮守護星が、苦悶《くもん》の声を上げてよろめいた。

強烈な照明《あかり》。

宙を見上げた男の目に、高層ビルと街路灯の光が二重で突き刺さったのだ。

すべて筋書き通り《オールブランド》。

サリンジャーがビルの屋上を選んだ理由だ。ビルを飛び降りての奇襲に気づかれようと、

宙を見上げようものならビルの光を直視して目が眩《くら》む。

そう落下角度を調整したのだ。

「王家が愚鈍なら、王家の護衛も愚鈍だな」

ジャネスの肩に、サリンジャーの振り下ろした踵が突き刺さる。

「────っっっ！」

肩で鈍い音。

その激痛によって姿勢を崩す男めがけ、サリンジャーは拳を握りしめた。

「夢に溺れろ」

「……っ……か……っ⁉」

鈍い悲鳴が漏れる。

サリンジャーの拳を腹部に受けた王宮守護星が、蹈鞴《たたら》を踏み、そして力を失って倒れていく。握りしめていた黒鞄を手放して。

──星霊を奪うか？

──鞄の中身を確かめるか？

ここは市街地、それも雪と太陽《スノウ・ザ・サン》の正門ゲートの目の前だ。

おそらく両方を実行する時間はない。

一瞬の逡巡《しゅんじゅん》の果てに、サリンジャーは地面の鞄へと手を伸ばした。

「機密文書でも入っていれば痛快だが、さて……」

威力を絞った爆発の星霊術で鍵を破壊。

鞄は呆気《あっけ》ないほどに容易《たやす》く開き——中は衝撃吸収のためのクッションが敷きつめられ、太陽を模したブローチだけが収まっていた。

指先で摘まみ上げた拍子、わずかにカラカラと乾いた音が。

「……ほう。中に何かが入っている？」

ただの装飾品《ブローチ》ではないらしい。

王家の機密情報でも入っていようものなら、太陽《ヒュドラ》は総出で奪い返しに来るだろう。

「翻《ひるがえ》せば、相手に事欠かぬというわけだ」

装飾品《ブローチ》を懐《ふところ》に収め、悠然と歩きだす。

後方では誰かの大声。

地に倒れた王宮守護星ジャネスが警備兵に見つかったのだろうが、既にサリンジャーは雪と太陽《スノウ・ザ・サン》のはるか向こうだ。

……監視カメラに俺の顔が映っている可能性はある。

……大勢に追いかけられるのは鬱陶しいな。

都心部から離れて林道を目指して歩きだす。真夜中のあぜ道に人影はない。誰の目にも映ることなく、街路灯の光を頼りに歩き続けて。

「…………」

小さな人影。

サリンジャーの行く手に、レインコートを着た小柄な人影がぼんやりと浮かび上がった。

道の向こう側から歩いてきたのか。

畑と畑の間——わずか二メートルにも満たないあぜ道を縫うように、サリンジャーと、レインコートを着た誰かがすれ違う。

「…………」

「…………」

すれ違いざまに。

二人の歩行速度が、同時に落ちた。

「血の臭いがします」

「そういう貴様もな」

ふっ、とサリンジャーは失笑を禁じ得なかった。

怪しさを隠す気がないらしい。

雲一つない夜にレインコートを着て体型を隠し、フードで顔も隠している。声を聞かなければ女ということさえわからなかっただろう。

何者だ？

「お前は——……っ⁉」

サリンジャーの言葉は、鋭い風圧に掻《か》き消《け》された。

レインコートの女が無言で跳んだ。それも恐ろしい初速でだ。

曲芸めいた脚力でサリンジャーの顔の高さまで跳び上がり、空中でコマのごとく身体《からだ》を急回転させて回し蹴り。

「……っ！」

咄嗟《とっさ》に屈《かが》んだサリンジャーの前髪が、チッと切り落とされる。

わずかに輝く刃《やいば》。

靴先にカミソリのごとく鋭い薄刃を仕込んでいる。手で受けとめていれば、今ごろ手が真紅に染まっていただろう。

「女！」

後方へ跳びながら、サリンジャーは夜に怒号を響かせた。

血の臭い。

すれ違った時に感じた鉄の臭いは、間違いではなかったらしい。

「そのふざけた服装に何を隠している!」

赤火の星霊術。

サリンジャーの投げ放った炎がレインコートの女に着弾。線香花火のごとく、真っ赤な火の粉を撒《ま》き散《ち》らして燃え上がる。

「っ、何?」

その炎が消えた。

まるで見えない大気に握りつぶされたかのような不自然な鎮火。おそらくはこの少女の星霊術だろう。

「……貴様は」

「あなたが私を呼んだのでしょう」

燃えつきたレインコートが地に投げ捨てられる。街路灯の明かりの下に、金髪を短く切りそろえた細身の少女が浮かび上がった。

幼い。せいぜい十三か十四だろうが。

「サクラリス・ネビュリカの駅広場。監視カメラに映っていたのは意図的ですね。わざわざ駅の東側に歩いていく後ろ姿も映っていた。あとは都心部に目撃者がいなかったので、この方角かなと」

「………」

その問いかけに、サリンジャーは答えなかった。

遠からず王家の誰かは「釣れる」と思っていた。だがまさか――王家の中でも大物中の大物が現れるとは。

「ルゥ家の王女ミラベアか！」

歓喜が、全身をうち震わせた。

ミラベア・ルゥ・ネビュリス８世。

喉から手が出るほど会いたかった純血種。それも女王候補の王女ではないか。

「……ははっ、ははははっっ！　待ちわびたぞ。俺の舞台に上がってくる王家ども！」

声を響かせるサリンジャー。

一方で、それを眺める少女は何の感慨もなさそうな無表情で。

「罪状を確認します。星霊を奪っていると聞きました」

「だとしたら？」

「感謝します」

「？」

「会議を抜けだす口実ができました。あなたが中央州に来てくれたおかげで皆が不安がり、私が駆り出されることになりました。退屈な会議だったので」

「…………」

無言のうちに、サリンジャーは眉を微《かす》かにひそめていた。

……何だこの娘は。

……俺の前に単身現れて、この落ちつきよう？

あまりに平然とし過ぎている。

純血種特有の傲慢さかと思ったが、むしろ驕《おご》った雰囲気は一切ない。ここは見晴らしの良《い》い田園地帯だ。部下が潜んでいる様子もない。

「まるで他人事《ひとごと》だな」

「他人事ですよ」

少女の唇だけが動く。

まるで心なき人形が口をパクパクと動かすかのように。

「私から見れば、私以外の誰もが弱者です」

「それは——」

「もちろんあなたも」

地が爆《は》ぜた。

ナイフを握る金髪の少女が、その小柄な肉体からは考えもつかないほどの脚力でもって大地を蹴ったのだ。

そのまま一直線に突撃してくる。

……俺との体格差を無視して、ナイフ二本で突っ込んでくるだと？

……星霊術は温存する気か？

雷の星霊ならば近接距離もありえるが。

サリンジャーは瞬時にその可能性を切り捨てた。それは「無い」。

……俺の炎を掻き消した以上、雷ではない。

……風か氷か障壁《バリア》系。攻撃手段のない障壁《バリア》系だからこそ接近戦か！

ならばこちらこそが雷だ。

近接戦闘を挑んでくるというなら、全星霊術で最速を誇る雷で——そう脳裏に描くサリンジャーの視界を、金髪の王女が埋めつくした。

懐に飛びこまれたのだ。

速いっ！

煌《きら》めく刃。

少女がナイフを突きだす。そう察した時には、星霊術での防御には遅すぎた。

「……小癪《こしゃく》！」

屈辱の感情に歯を噛《か》みしめながら、サリンジャーは己の腕を突きだして顔を庇《かば》った。

──激痛。

肉を斬り裂かれる鋭い痛みに、悲鳴が漏れかける。

「……やってくれるな！」

疾走。懐に飛びこむ。ナイフを突きだす。

そのすべてが不気味なほど流麗すぎるのだ。全行動パターンを予《あらかじ》め機械学習《プログラム》させた人形めいた挙動ではないか。

が──

サリンジャーが真に肝を冷やしたのは、この直後だ。

「………………」

無言で。

金髪の少女が手のひらを突きだした。

その指先が何の躊躇《ちゅうちょ》もなく自分に触れようとした瞬間──サリンジャーは生涯初めて、恐怖というものを理解した。

……何だ、この目は……

……何も映ってない。虚無ではないか！

無機質で無感情で、生気を感じない。

ここをこうしたら壊れる。そんな説明書を見て機械を解体するように、この王女は自分を壊そうとしている。

「ぐっ……！」

身を捩《よじ》る。あまりの急旋回に肋骨《ろっこつ》がミシリと悲鳴を上げるが、それでもあの手に触れられるよりマシだ。

自分《サリンジャー》の脇腹をすり抜けて、少女の手が空を切る――

ボコンッ。

空気が膨張するように膨れあがり、手榴弾《しゅりゅうだん》のごとく破裂した。拡散する風の津波に全身を打たれ、畑の中へと吹き飛ばされる。

「……おのれ！」

口元を拭いながら立ち上がる。

風の余波を受けたせいで全身に激痛が走っている。直接触れられていれば、その部位から全身がバラバラに解体されていたに違いない。

「土よ！」

サリンジャーの足下で、土が蠢《うごめ》く。

周囲の畑の土がみるみると盛り上がり、何百何千という土塊《つちくれ》の礫《つぶて》となって王女めがけて飛んでいく。

「取り憑《つ》け！　あの娘の手足を止めろ！」

「何の遊びですか？」

土の礫が、宙で止まった。

まるで見えない壁に遮られたかのように、王女ミラベアに当たる直前に次々と停止し、弾《はじ》かれていく。

……やはり間違いない。

……奴《やつ》の星霊は風、あるいは風の亜種だ。

手の内は見えた。ならば――

「複数の星霊術を持つことが有利とでも？」

「……っ⁉」

「一つ一つが稚拙です」

すぐ眼前に少女。まただ。あまりにも速すぎる。

そして躊躇がない。左手のナイフを逆手に切り替え、少女がナイフをこちらの腹部めがけけて薙《な》ぎ払《はら》う。

……ずっ。

ナイフに裂かれる灼熱《しゃくねつ》の痛み。

だがその刃《やいば》は、サリンジャーの腑《はらわた》に届く寸前で止まっていた。

「っ？」

王女が目を見開いた。

腑をズタズタに斬り裂くはずの刃が止まったのだ。腹筋に止められたわけではない。なぜならナイフを引くこともできないからだ。これは——

「波動の星霊術。あらかじめ展開していた？」

「……捕らえたぞ」

激痛による脂汗を滲《にじ》ませて、それでもサリンジャーは凄惨な笑みを浮かべていた。

この王女相手には一秒の出し惜しみとて許されない。

「地爆の星霊よ」

はるか地底から灼熱の激流が込み上げる。

この星のあらゆる自然現象でも最大級の威力をもつエネルギーが、大地を割り、溶岩《マグマ》を呼び寄せる。

「噴き上げよ。そなたの怒りで大地を焦がせ！」

空を焦がすほどの無数の火花。

畑を真っ赤に染める溶岩《マグマ》が全てを呑《の》みこみ——が、金髪の王女はいない。

まさしく野生の獣めいた勘と反射神経によって、手にしたナイフを捨てて後方へと跳び下がっていたのだ。

「……馬鹿な⁉」

必殺の一つを避《よ》けられた。

間欠泉のごとく噴きだす溶岩《マグマ》に照らされながら、サリンジャーは少女の神がかった回避行動になかば目を奪われていた。

……王家は、星霊術に頼りきった耄碌《もうろく》どもの巣窟《そうくつ》ではなかったのか⁉

……なんだこの女は……あの身のこなしは！

ただ星霊術が強いだけではない。

まるで対人戦のためだけに存在する戦闘人形だ。どうする？　この腕と腹の負傷のまま戦闘を続行できるか？

「……ちっ」

無限にも感じる逡巡《しゅんじゅん》を経て。

サリンジャーは、斬り裂かれた腕を庇うように踵《きびす》を返《かえ》した。

腕と腹部の出血がひどい。今が夜なのも厄介だ。闇夜が、この少女の超人的な近接格闘技術をより脅威にしている。

「逃げるのですか？」

「…………」

「思いのほか利口なのですね。でも次に見つけたら仕留めます」

溶岩《マグマ》と火花の向こう側で。

少女の機械的な声に応えることなく、サリンジャーは夜の暗闇へと身を投じた。

内心の、煮えたぎるような屈辱感に奥歯を噛みしめながら。

だが同時に——

「それで、こそだ」

歓喜していた。

無明の道を、出血に耐えながら死に物狂いで進んでいく。

たどり着いたのは、郊外にある無人の小屋。予め一戸まるまる買い取っておいた。それも一年半前に、まったくの架空名義でだ。

「……そうとも……」

片腕で扉を解錠し、倒れこむように中へと入る。

錆《さ》びついた外壁からは想像できないほど清潔で整った小部屋。ベッド一つと戸棚が一つ。

男一人が隠れ潜むには十分過ぎる。

「腐っても始祖の血脈か」

消毒液のボトルを取り出し、それを一瓶空っぽになるまで傷口に注ぎこむ。さらに痛み止めの錠剤を服用量度外視で口に放りこみ、それをまとめて噛み砕《くだ》く。

「……あの娘……」

脳裏で、先の戦いを想起する。

王女ミラベア・ルゥ・ネビュリス８世——まず間違いない。あの娘は風の星霊の亜種、『衝撃』の使い手だ。

大気に直接作用すると言われているが、術者の数が限られており未知の部分も多い。

……防御力には自信があると見た。

……だからこその近接戦闘術。だが、まさかあれほどの使い手とはな。

星霊術だけでなく武芸も達人の領域。

自分《サリンジャー》の想像する腑《ふ》抜《ぬ》けな王家とは一線を画していた。それは認めよう。

……が。

星霊術の手札はこちらが上だ。

あの王女ミラベアの術がいかに強力であろうと、こちらには、あの星霊術に対抗できる手札も十分ある。

「……そうだ」

傷が開くことさえ構わずに、力のかぎり拳を握る。

確信した。

「あの王女の星霊さえ奪えば、俺は……」

女王さえ超越するだろう。

‖

ネビュリス王宮、星の塔——

多くの王族と従者が寝静まった夜。ひっそりと静まりかえった廊下に、シュヴァルツの大声がこだました。

「お嬢!? そのお姿は……!?」

「戻りました」

抜き身のナイフを両手に持つミラ。

その戦闘衣装には、まだ滑《ぬめ》りを帯びた血痕がこびりついていた。

「お嬢！　い、いったいどこへいらしていたのです！　女王様も心配して……」

「寝ます」

ふぁ、と大あくび。

と思いきや金髪の王女は、手にしたナイフを従者に放り投げた。

「これ洗っておいてください」

血まみれのナイフ。

それを両手で受けとめて、シュヴァルツがごくりと息を呑む。

「……これは何の血ですか」

「絵の具です」

「お嬢！」

「人間です」

まるで「今日の気温は二十度でした」と。

素っ気ない口ぶりのミラに、シュヴァルツがナイフを怖々と見つめて。

「……いったい誰の血なのか。聞かせてもらって良いですかな」

「シュヴァルツ」

王女が振り向いた。

一切の躊躇《ちゅうちょ》なく、ボサボサの金髪を血濡《ぬ》れた手で梳《くしけず》りながら。

「私、明日から王女の公務をすべてを休みます」

「はいぃっっ⁉」

ここが王女のフロアでなければ――

シュヴァルツの上げた大声で、寝ている従者や兵士たちが片っ端から飛び起きていたことだろう。

公務を休むという意思表示。

だがシュヴァルツの驚愕《きょうがく》は、公務をサボるという宣言そのものではない。なぜならこの王女は、いつだって公務をサボっているのだ。

いい、それも無断で。

「いかなる心変わりですか。お嬢が、わざわざ公務を休むと事前申告とは……」

ただ事ではない。

今の発言もだが、この深夜、血まみれの帰宅が既に尋常ではない。

「理由をお聞かせください」

「────」

「お嬢？」

血濡れた王女は応えない。

シュヴァルツの声など耳に届いておらず、ミラは、城の天井を見上げて微動だにしていなかった。

──超越の魔人サリンジャー。

歴然たる実力差を感じとっていたはずなのに、あの男は獰猛《どうもう》に笑っていた。

自分の顔を一目見るや撤退していく帝国兵とは違う。

渇いた野犬のようにギラつく双眸《そうぼう》。

「……また現れるでしょうか」

より多くの星霊術を奪って、奪って、奪って。

自分の『衝撃』への対抗策を万全にした上で、あの男は必ず現れる。

「………」

なんて待ち遠しい。

自らも無意識のうちに、ミラの口元には幽《かす》かな微笑《ほほえ》みが滲んでいた。

あの自信に溢《あふ》れた眼差《まなざ》し。見境ない闘志。

思いだすだけで身体《からだ》が熱を帯びていく。

あの魔人は一度で壊れなかった。そして次は、もっと頑丈になってやってくる。

「……早く来て」

史上最強とも謳《うた》われた王女が。

明確な敵を得て、さらなる進化を遂げることになる——

2

「……傷は、ひとまず塞がったか」

潜伏用の小屋。

カーテンの隙間から差しこむ朝陽《あさひ》に照らされて、サリンジャーは己の右腕に力をこめた。

血は噴きださない。

といっても裂傷の上に瘡蓋《かさぶた》一枚ができただけだ。いまだ肘から上は赤く腫れあがり、ナイフで刺された腹部は息をするだけでも激しく疼《うず》く。

「……十分だ」

ベッドから立ち上がる。

あの衝撃の夜から四日間。傷の痛みにうなされながらも実に百時間近く、サリンジャーは脳内で王女ミラベアとの仮想戦闘《シミュレーション》を重ねてきた。

百十八敗、九十九勝。

わずかな勝敗の差こそあれ、戦果はほぼ五分。

その九十九勝で見えた共通点さえ突くことができるなら——

「戯《たわむ》れが過ぎたな、娘」

舞台の第二幕。

あの屈辱の晩を経て、もはや両者の立ち位置は逆転した。

「貴様の星霊は、この俺が徴収する」

‖

ネビュリス王宮、門前繁華街——

雲一つない快晴。いつもならカフェやレストランが賑《にぎ》わう正午だが、いま大通りは嘘《うそ》のように静まりかえっていた。

道行く人もまばらで、誰もが声を潜めて早足で歩き去っていく。

怯《おび》えているのだ。

ここ中央州に、あの魔人サリンジャーが遂《つい》に現れたと報道された。

「ご同行に感謝します、ミラベア王女」

大通りを進む四人。

フード付き外套《がいとう》で顔を隠した少女を中心に——

その前方を、三人の要人警護官《セキュリティポリス》が先導するかたちで進んでいく。

「四日前。ヒュドラ家の王宮守護星《ジャネス》が、魔人サリンジャーに襲われました。奴《やつ》はこの付近に潜んでいるはずです。このとおり大衆も不安を覚え、こうして昼間でさえ外出を控えています」

「我々も日々見回りをしているのですが……」

「奴の足取りは摑《つか》めておりません。奴の奪った星霊術のなかに姿を隠す星霊術も含まれているとの情報があります」

屈強な男三人。

自分より二回りは大きい背中をさっと見上げて。

——役立たず。

ミラは、心中そう呟《つぶや》いた。

要人警護官《セキュリティポリス》は誰もが屈強な体格を持ち、優れた星霊術を所持している。

足りないのは「繊細さ」。顔色一つで親の不機嫌を察知する子供のような、弱者ならば誰もが備わっている危機察知能力が欠落している。

だが鈍感だ。

そう、たとえば。

自分たちは魔人サリンジャーに先ほどから尾行されているというのに。

「まあ良《い》いでしょう。私だけ気づいていれば」

要人警護官《セキュリティポリス》には言うまい。

言えば、彼らはすぐに表情を強《こわ》ばらせるか、慌てて周囲を見回すに決まっている。

……サリンジャーもなぜ襲ってこない？

……今が昼だから？　ぽつりぽつりとはいえ一般人がいるから？

サリンジャーの視線は感じる。

だがすぐに襲いかかってこないことが、ミラの想定をわずかに狂わせた。超越の魔人は、思っていた男と少し違う。

「終わりにしましょう」

「……王女様？」

「お腹《なか》が空《す》きました。私の散歩はここまでです」

歩調ペースを一切落とさず、三人の男たちを見上げてミラは応えた。

「城に戻って良いですか？」


〜

夜が更《ふ》けていく。


中央州・都市郊外——

夜の帳《とばり》が下りて、繁華街の灯《あかり》が一つまた一つと消えていく。人々が寝静まり、虫の音が微《かす》かに空気をふるわせる田園地帯。

サリンジャーは、そのあぜ道に立っていた。

そして感じる。

無明にも等しい闇のなか、小柄な人の気配が近づいてくる足音を。

「良き舞台には、良き照明演出《ライトアップ》が必要であろう？」

ぼっ、と。

炎の塊を宙へと放り投げ、サリンジャーは両手を広げた。

「王女の立場で、よくもまあ夜中に城を抜けだせるものだな」

「たまには王女らしいことをしようと思うのです」

「ほう？」

「ゴミ掃除。これは廊下で家臣が話しているのを聞いただけですが、あなたは皇庁にとってそういう存在らしいですね」

鮮やかなオレンジ色の炎に照らされて――

王女ミラベアが、羽織っていたレインコートを脱ぎ捨てた。

その下は、くしゃくしゃに着古された戦闘衣。

肩も太股《ふともも》も剝《む》き出《だ》しの王女らしからぬ装《よそお》いだが、これが彼女の機動力を最大限に活《い》かす選択だと、サリンジャーは身を以《もっ》て理解している。

「でも、少し意外でした」

だらりと両手を下げた直立の姿勢で、王女が首だけをわずかに傾けた。

「あなたは見境があるのですか」

「何の話だ？」

「昼間のことです。あの大通りで襲ってくれれば、私は星霊術を使うのに少し躊躇したかもしれません。民衆がいたので」

「はっ！　何を言うかと思えば！」

片手を額にあてて、サリンジャーは鼻で笑い飛ばした。

「民衆とは、俺の舞台を見上げる観衆だ。観衆に敬意を払わぬ演者など二流に過ぎぬ！」

「そうですか」

少女が背中に手を回す。

ベルトに固定されたナイフ二本を、まったくの真顔で引き抜いて。

「あなたの墓に記しておきましょう。野蛮人だが見境はあったと」

その姿が消えた。

掻《か》き消《き》えたと錯覚するほどの勢いで、一直線に駆けてくる。

……地を舐《な》めるほどの低姿勢！

……前回、俺がこいつの動きを見失った挙動の正体か！

だが今度は見える。

宙に飛ばした火球が、あたり一帯を煌々《こうこう》と照らしだしているからだ。

「これが前回の再演《アンコール》と思わぬことだ」

「再演《アンコール》？　いいえ終演《フィナーレ》です」

舞い上がる土煙。

小さな太陽のごとき火球に照らされて、ナイフを手にした少女が跳んだ。

「はっ！　先と同じとは能が無いな！」

飛びかかってくる少女に向け、サリンジャーは片腕を天へと振り上げた。

水鏡の星紋が、青く灯《とも》る。

「氷の刃《やいば》よ！」

ピシッ。

サリンジャーの足下を中心に、霜柱が周囲の畑を覆い尽くす。生成された霜柱から氷の鎗《やり》が突きだして、空中の王女めがけて狙いを定める。

「撃て！」

「廻《まわ》れ」

魔人の咆吼《ほうこう》と、王女の小声。

敵でありながら――対照的な二人でありながら――

その声は、まさしく壇上で歌う二重唱《デュエット》のごとき一致を見せた。

氷の鎗が、見えない大気の風に吹き飛ばされる。

これは単純な力の差。相手の星霊術の「半分」を奪うサリンジャーの術では、純血種が振るう術の威力に及ばない。

「ぐっ！」

跳びさがるサリンジャー。

王女の着地に先んじて数メートル後退。そこへ遅れて着地した王女ミラベアが、距離を詰めようと大地を蹴っ――

「っ」

走りながら身を捩った。

バランスを崩したように見えるが、そうではない。少なくともサリンジャーは、額から冷たいものが滴《したた》り落《お》ちるのを認めていた。

「まさか避けたのか⁉」

「見えました」

空気を超圧縮した見えない機雷。

王女の星霊術ではない。

これはサリンジャーが事前に設置した罠《わな》だ。『衝撃』の使い手である王女ミラベアに、まさか同じ『衝撃』の罠を仕掛けるわけがない――

その心理的死角を突いた罠が、文字どおり見破られた。

「空気の層が歪《ゆが》んでいます。陽炎《かげろう》のように」

「っ！　貴様……どんな目をしている！」

理解した。

この王女は純血種だから強いのではない。ただただ人間として強い。

……接近される。

……ならば至近距離はやむを得まい。雷の星霊術で迎え撃────

空気の切断音。

肩に走った鋭い痛みに、サリンジャーの思考がそこで妨げられた。

「もう終わりですか」

右のナイフを振るった王女。

この小柄な王女にあと一歩分の歩幅があれば、サリンジャーの左腕は肩からずり落ちていただろう。

「四日もあげたのに。まだそこですか」

「～～～～っ！」

この化け物が。

そう吐き捨てる刹那さえ惜しみ、サリンジャーは両の拳を握りしめた。

奥の手。

あらゆる事態を想定し、残していた奇策がある。

「膨れろ」

「？」

サリンジャーの指先がパチンと音を打ち鳴らす。

その所作を間近で見せられ、王女ミラベアはほぼ無意識下で、ナイフを振り上げる手を止めていた。

膨れろとはどういう意味だ？

既にサリンジャーの懐《ふところ》まで潜りこんでいる。ナイフで一突きすればいい。その止《とど》めより、王女は背後に振り返ることを選択した。

本能がそう訴えてきたからだ。

「っ！」

そして目を見開いた。

——太陽のごとく燃え上がる大火球。

サリンジャーが宙に放った照明用の火球が、何十倍に膨れあがっていたのだ。

「ただのシャンデリアとでも思ったか」

王女を見下ろし、サリンジャーは勝利の咆吼を上げた。

一流の舞台ならば——

シャンデリアはただの照明に非《あら》ず。天井から落下する舞台装置となってこそ華がある。

「爆炎の星霊術『赤帝』」

それは成長する星霊術だ。

空中に浮かんでいる間に時間経過で膨れあがり、最大規模まで成長した時の威力は純血種の星霊術とも遜色ない。

「火……！」

「気づいたか。お前の大気では防げまい！」

炎の熱は大気を伝わる。

ミラベア・ルゥ・ネビュリス８世の星霊術が大気ならば、この超至近距離からの高熱は防御不可能。

「弾《はじ》けろ」

夜に、太陽が生まれた。

空気を焦がし、畑の土を焦がし、その周囲の木々をも一瞬で炭化させる超高熱。

すべての者の視界を奪うほどに光が膨れあがって――

静まる世界。

拡散する熱波が猛《たけ》りを鎮《しず》めた後に――


「………………………………………………………………………………………………」


………………化け物が」

サリンジャーは、黒焦げの大地に仰向けに倒れていた。

馬乗りに押し倒されて。

「……なぜ……無傷だ……貴様の星霊術は大気では……」

「大気ですよ」

サリンジャーの首を左手一本で締めつける少女。

か細い腕のはずが、万力のように重たく強く、サリンジャーの頸動脈《けいどうみゃく》を圧迫していく。

「わかりませんか？」

「っっ！　真空か⁉」

真空では熱が伝わらない。

見誤った。まさか大気を操って真空状態を生みだすことさえ可能だったとは。

「もう抵抗する気もないでしょう」

左手で、サリンジャーの首を激しく締めつけながら。

右手で、ナイフを再び構える。

逆手に握ったナイフを振り上げる王女の眼差《まなざ》しは、恐ろしいほどに無感情で、無機質で、ただただ藁《わら》人形を相手にしているかのごとき口ぶりだった。

「お終《しま》いです」

振り上げた右腕を、まっすぐ首筋へと振り下ろし――

……ぴちゃ。

一滴の血しぶき。

それは、ナイフを突きつけられたサリンジャーのものではなかった。

「…………」

少女の手が止まった。

ナイフの刃がサリンジャーの喉笛に触れる寸前で停止。王女はサリンジャーの頬に落ちた血をじっと凝視していた。

「…………私の血？」

それは、王女の頬にできた一筋の切り傷だった。取っ組み合いの最中、サリンジャーが死に物狂いで放った手刀が掠《かす》っていたのだ。

「────」

「……どうした。なぜ手を止める」

見上げるサリンジャー。

馬乗りに押し倒され、鋼のような腕力で首を絞められ、息も絶え絶えながら、それでも隙あらば反撃の機を窺《うかが》うが──

「私がここで剣を止めたら屈辱ですか？」

「……なにを言っている」

この王女の気に食わない点だ。

表情が欠落しているせいで、何を意図して口走ったのか理解に苦しむ。

「屈辱ですよね？　私がここで剣を止めたら屈辱ですよね？　だからそうしましょう」

「……何だと」

「あなたを利用したくなってきました。私のオモチャになってください」

「貴様っ！」

血走った眼《め》を見開いて、サリンジャーは奥歯を噛《か》みしめた。

この娘は、俺を虚仮《こけ》にする気か。

「……ふざけるなよ娘！」

「暴れないでください。私が締めつけてるんだから、そのまま暴れたら首の骨が折れてしまいますよ」

王女の手にさらに力が籠もる。

喋《しゃべ》るな、と。まさに力ずくで調教するかのようにだ。

「サリンジャー、私の訓練道具になってください」

「……驕《おご》るなよ。俺を生かして、その俺が、他の王族の星霊術を奪ったらどうする気だ」

「良《い》いですね。どんどんやってください」

「何っ？」

「私は星《ルゥ》の血筋で、月《ゾア》と太陽《ヒュドラ》とは女王争いをしています。あなたがその星霊術を奪えば、両家の力を殺《そ》ぐことになる。私が女王に選ばれる可能性が高まります。不出来な王女でも、一応は、母や従者の願いも叶《かな》えてあげたいと思っているのですよ」

「──────」

見誤っていた。

サリンジャーの知る王家は、最強の星霊使いの一族という十把《じっぱ》一絡《ひとから》げの存在だったが。

……違うというのか。

……始祖の末裔《まつえい》どもは一枚岩などではないと。

こんな幼い王女がここまで言うのだ。

生まれた時から、さぞ醜い骨肉の争いをしてきたのだろう。

「聞くに堪えんな。これでよくも三王家などと名乗る」

「他人を嗤《わら》える権利なんてありません。あなたはその醜い王家である私に生かされているのです」

「その驕り、いつまでも続くと思うなよ」

唇を青白く染めながら――

首を絞められ呼吸がままならずとも、サリンジャーは吐き捨てた。

「私を退屈させないでください。あなたは私に生かされ、利用されるのです」

「……この人形が」

人生最大の屈辱。

この日のために徹底的な仮想戦闘《シミュレーション》を重ね、それでも負けた。容易に埋めがたき力の差。

己の弱さへの憤怒《ふんぬ》に突き動かされ――

サリンジャーの挑戦が始まった。

屈辱の日から、二日後。

三度目の挑戦。

サリンジャーは——

全身からおびただしい血を流して、仰向けに倒れていた。

「サリンジャー、あなたは馬鹿ですか？」

こちらを見下ろす少女。

太陽を背にしているせいで顔は見えないが、その目に何一つ感情が映っていないことは容易に想像できる。

「その肩」

「……ぐっ……」

鉄板入りの靴底で肩を踏みぬかれ——

サリンジャーの喉から、苦悶《くもん》の声があふれ出た。

二日前に斬られた肩の傷だ。傷口が開き、みるみると肩が赤く染まっていく。

「次の挑戦は、肩の傷が塞がってからだろう。私がそうタカをくっていると判断して、あえて傷が癒えぬ前に奇襲と……」

はぁ、と。

光の差さない路地裏に、王女ミラベアの嘆息がこだました。

「私が油断すると？　ああ、でもこうも短絡的な作戦を立ててくるとは思わなかったので、思わず目を疑いました。そういう意味での奇襲は大成功ですね」

「……この……機械人形…………ぐっ⁉」

肩をさらに強く踏みぬかれた。

「次、もう少しまともになっていなければ狩ります。私を満足させるくらい強いことが、あなたが生きていられる条件です。忘れぬよう」

そして去っていく。

路地裏——

吐き捨てられたガムの付いた地面に倒れたまま、サリンジャーは激昂《げきこう》の表情で拳を握りしめたのだった。

「…………次だ！」

次こそだ。

決戦の機には事欠かない。なぜなら王女ミラベアが週に一度は城を出るからだ。

同じ轍《てつ》は踏まない。

分析しろ。自分がなぜ負けたのか。

……俺が負けたのは星霊術の差ではない。

……三度、俺はあの娘の超人的な戦闘術に翻弄された。

星霊使いらしからぬ肉弾戦。

恵まれた星霊を驕る王家——という自分の固定概念を覆《くつがえ》す相手であることは認めよう。

認めざるを得ない。

「奴《やつ》の近接戦闘術を封じる……たとえば森か？」

木々で入り組み、足下は凸凹だらけの木の根が邪魔になる。

森ならば王女ミラベアの機動力も潰せる。だが、ここまでの戦いで想定の上を行かれた。

さらに万全を期すならば。

「……雨か！」

雨で濡《ぬ》れれば身体《からだ》も重くなる。

森の地面がぬかるめば、足場は最悪だ。

力任せに相手を圧倒するのが王女ミラベアの流儀《スタイル》ならば、こちらはその強みを殺す流儀《スタイル》で相手してやろう。

「次だ。次こそ貴様が舞台から退場する終演《フィナーレ》となる！」

サリンジャーの計画が——

──衝撃『風刃風界曼荼羅《まんだら》』。

ミラベアの竜巻に、吹き飛ばされた。

森林の奥。

金髪の王女が生みだした嵐が、周囲数十メートルの木々を軽々と捩《ね》じ切《き》り、真っ二つに切断した。

「この光景もそろそろ見飽きてきましたね」

「…………っ、この小娘が…………」

地面にうつ伏せに倒れたサリンジャー。

その全身には鞭《むち》で打たれたかのような真っ赤なミミズ腫れ。竜巻に呑《の》まれ、何百何千という風の鞭に打たれて全身バラバラにされかけた。

「……ペテン師が……」

森が消失した。

王女ミラベアの放った桁違いの星霊術でだ。

「のらりくらりと……近接戦闘を好むフリをしていながら、これだけの星霊術を隠し持っていたのか……」

「サリンジャー」

少女が屈《かが》む。

うつ伏せで顔を上げるこちらの顔を、無遠慮なほどジロジロと覗《のぞ》きこんで。

「あなたは星霊使いではない。『星霊使われ』ですね」

どういう意味だ。

この王女は言葉遣いまで独特すぎて真意がわからない。ただ直感的に、見下されていることだけはわかる。

「あなたは星霊術の収集に固執し、強い星霊術をばら撒《ま》けば強いと思っている」

「……真理ではないか」

「でもそれは、どれもあなたの星霊術ではない」

当然だ。

水鏡の星霊は、星霊の半分を鏡のように写し取るだけ。サリンジャーの使う星霊術が、他人から徴収したものであるのは事実の羅列でしかない。

「サリンジャー」

再び、名を呼ばれた。

「あなた、自分の星霊が嫌いでしょう」

「っっっ！」

全身が痙攣《けいれん》した。

瞼《まぶた》が千切れるのではと思うほどに強く目を見開いて、動かぬ身体で、こちらを見下ろす少女を睨《にら》みつける。

「……小娘！」

「星霊使いの頂点に立つ。だから王家も超える。それだけの野心を持ちながら、あなたは借り物の星霊しか使えない。そこに葛藤《ジレンマ》を抱いている」

「――――」

違う。とは言えなかった。

心の底からソレと向き合ったことがなかったからだ。

「自分と向き合うべきです。自分の星霊と仲直りすれば、もしかしたら星霊だって新たな星霊術を生みだしてくれるかもしれませんよ」

「…………貴様に……何がわかる！」

「わかりますよ」

「っ？」

「だって私がいま撃った星霊術、つい数日前に考案したものですから」

「……なんだ……と？」

少女がこちらを覗きこむ。

そのまま何度かの瞬《まばた》きを、挟んで。

「これはあなたの為《ため》に、考えた星霊術です」

「…………っ⁉」

「私は、あなたが次の戦場で森を選ぶと予想しました。天気は雨。だから私は、それなら森も雨も消し飛ばしてしまえと考えたのです」

掌《てのひら》の上で踊らされていた。

だが、そんな事実以上に、サリンジャーの心に突き刺さった言葉がある。

……俺の為に考えた星霊術だと。

……こいつが、俺との戦いのためだけに？

頭が真っ白になって言葉が出ない。

自分だけではなかったのだ。

この王女もまた、自分との戦いにそれ程までに心血を注いでいたのだ。

それは——

よくよく考えれば、とてつもない事ではないのか？

と思いきや。

「この調子ですよサリンジャー」

頭を撫《な》でられた。

ペットの犬でも撫でるように、優しく慈愛たっぷりと。

「この調子でまた挑んできてくださいね。私のオモチャ」

「〜〜〜〜〜〜っっ！」

「夜までに起き上がらないと大変ですよ。このあたりは野犬が出ますから」

そう残して。

戦闘人形らしい正確で一定の足取りで、ミラベアは森から去っていったのだった。

＝＝

ネビュリス王宮・星の塔。

当主の私室「星屑《ほしくず》の摩天楼」にて。

床に伏せた当主リリエルと、教育係《シュヴァルツ》が顔を見合わせていた。

「シュヴァルツ、最近の娘ですが」

「……申し訳ありません当主様。お嬢がどうしてああなったのか私にもサッパリ……」

最近のミラベアは何かおかしい。

実の親である当主、さらには教育係のシュヴァルツでしか気づけないであろう微々たる差違ではあるが――

生き生きとし始めたのだ。

毎日毎晩、ミラベアは自分の部屋で黙々とナイフを研いでいる。

化粧はせずとも二日に一度は入浴するようになり、外に行くときの戦闘服も従者に命じて毎回アイロン掛けをさせている。

喩《たと》えるならば――

最愛の彼氏に会うための、精一杯のお洒落《しゃれ》のように。

出《い》で立《た》ちに気を遣うようになった。

ただし王族のドレスではなく、戦闘時の衣装だが。

「……お嬢の話では自主訓練とのことです。ただ秘密主義が過ぎまして。いつ何処《どこ》に出かけるのか言付けがありません」

「シュヴァルツ、せめて行き先を確かめることはできないのですか」

「……恐れながら。尾行しようにも、お嬢は城の窓から飛び降りて外に出て行くので」

正門で見張っていても捕まえられないのだ。

ネビュリス王宮には窓が何百とある。

その一つから無作為《ランダム》に飛びだすせいで、ミラベアを尾行するならそれらの窓すべてに監視を配置せねばなるまい。

もちろん不可能である。

「……お嬢は『楽しい』と仰《おっしゃ》っていました」

「訓練が、ですか？」

「はい。お嬢の言葉を信じるのなら。『期待に応えてくれる。だから楽しい』と……」

「期待に応える？」

床に伏せる当主が、怪訝《けげん》そうに眉をひそめた。

「それは誰のことですか」

「い、いえ……ただ、お嬢の訓練に同伴者がいるのは間違いないようです」

何者なのだ。

最強の女王候補とさえ囁《ささや》かれるミラベアをして、そこまで言わせる相手は。

しばし黙考し——

当主《はは》と教育係《シュヴァルツ》には、それが誰なのか想像することも難しかった。

═══

「あの小娘がっ！」

中央州・都市郊外——

人の寄りつかない古びた小屋に閉じこもり、サリンジャーはベッドを椅子代わりにして打ち震えていた。

「……どうなっている、あの化け物は！」

王女ミラベアは強すぎる。

星霊術も、近接戦闘術も、心理戦にいたるまで。

……史上最強の女王候補か。

……そうだろうな。あの娘は明らかに異物だ。突然変異だ。

人間と戦っている気がしない。

獣どころか生物ですらない。あれは殺戮《さつりく》だけを機械学習《プログラム》された機械だ。
「生き人形が……」
ナイフでこちらの内臓を抉《えぐ》り取《と》ろうとし、首を摑《つか》んで窒息させようとする。
衝撃の星霊術で全身バラバラに分解されかけたことなど、もう何十回に及ぶだろう。
それも顔色一つ変えずにだ。
……まるで躊躇《ちゅうちょ》がない。
……俺でなければ、もう三十回は軽く死んでいるぞ。
だが。
「俺は生きている」
赤く腫れ上がった手を握りしめる。
そうだ、この幾度にも及ぶ決闘で、そのすべてで自分は生き残ってきた。
自分だからこそ生き延びているのだ。
俺以外にいないのだ。あの王女に相応《ふさわ》しい相手は。
いつしか――

サリンジャー自身も無自覚のうちに。

あれほど強固だった王家への固執は、嘘《うそ》のように消えていた。

ただ勝ちたい。

あの王女に勝ちたい。

王家すべてを足し合わせた天秤《てんびん》よりも、あの憎たらしい王女一人が遥《はる》かに重い。

「……王家といえば。そうだ、解析は？」

ヒュドラ家の護衛から奪った太陽のブローチ。

その内部には奇妙なメモリチップが格納されていた。大金を積み上げ、解析を技術者に頼んだのだが。

……とっくに解析が終わっている頃だが。

……金だけ取って、すっぽかされたか。

もはやどうでもいい。

自分の執着は、あの戦闘人形との決闘ただ一つなのだから。

「次こそ――ちっ」

戸棚を開け、サリンジャーは小さく舌打ちした。

食料切れ。

王女ミラベアに固執し過ぎたせいで、食料の補充も忘れていた。

不幸中の幸いというべきか。自分がミラベアしか眼中にないことで、「魔人《サリンジャー》がすっかり姿を見せなくなった」という噂《うわさ》が立ち始めているらしい。

……超越の魔人サリンジャーは、尻尾を巻いて中央州から逃げ去ったと？

……そう思いたいなら好きにするがいい。

堂々と繁華街を闊歩《かっぽ》してやろう。

警務隊の監視の目も緩い。万が一見つかったとて、どうにでもなる。

と——

その過信が、サリンジャーにとっての最大の恥劇《ちげき》を生んだ。

出会ってしまったのだ。


「……あ」

燦々《さんさん》と太陽が照らす真昼時——

変装したサリンジャーと。

いつものレインコートで姿を隠したミラベアが、交差点ですれ違った。

まさか白昼堂々と繁華街を歩いているわけがない。

二人が共にそう思っていた上で。

「サリンジャー？」

「……貴様！」

ここが公衆の面前であることも忘れ、サリンジャーは叫んだ。

先日も惨敗《ざんぱい》を喫したばかり。

まだ傷も癒えていないが知ったことか。出会ってしまった以上、柔《にこ》やかな会釈《えしゃく》で別れる関係ではない。

そう思っていた――

「あ……あはっ、あははははははははっっっ！」

宿敵の王女が、突如としてお腹《なか》を抱えて笑いだすまでは。

笑った？

眉一つ動かさずナイフを突いてくる機械人形が？

「あはははは、な、何なのですかサリンジャー。わ、わた……私を笑い死にさせる気ですか！　あはははははっ」

「……何だと」

「だ、だってあのサリンジャーがスーパーの袋を持って歩いてる！　一般人にまじってスーパーで野菜や肉を見比べて、レジに並んだのでしょう？」

「…………」

その何が悪い。

確かに自分はスーパーの袋を両手に抱えている。しばらく小屋に身を潜めるつもりで、食料を買いだめしたからだ。

「……だからどうした」

「あんなに格好つけて『今日こそ貴様が地に跪《ひざまず》く時だ』なんて私に挑んできた男が、スーパーで主婦の皆さまとレジに並んでる姿を想像したら……あ、あは、あはははははははっっ、もう私だめです。参りました！」

王女が道路に転がってしまう。

交差点で、道行く人の目が一斉に集中するのもお構いなしに。

「な、なんと恐ろしい策でしょう。まさか私が動けなくなるなんて！」

「……おい」

「しかも肉に特売品のシール付き！　主婦の皆さまとさぞかし壮絶な奪いあいを！」

「黙れ！」

スーパーの袋から透けた「特売品」のシール。それに気づいた王女が目に涙を浮かべて指さしてくるが、サリンジャーからすれば妄想にも程がある。

自分は何も考えず手に取っただけ。それがたまたま特売品だっただけだ。

「……くだらん」

踵《きびす》を返《かえ》し、交差点を渡りきる。

興が殺《そ》がれた。笑い転げる王女に面食らったのも事実だし、ここまで衆目を浴びてしまえば警務隊も駆けつけてくるだろう。

「あ、待ってください」

路地裏に差しかかろうとした時。

後ろから、笑い転げていた王女が小走りで追いついてきた。

「今日は休戦ですか？」

「俺を前に、無様に笑い転げていたのは誰だ。命拾いしたと思えばよかろう」

「はい。あやうく笑い死にするところでした」

「…………」

「あ、だから待ってくださいってば。それはさておき、私がここで街をふらついているの、王家には内緒にしておいてください」

俺がどうやって王家に告げ口すると？

その突っ込みさえ煩わしく無言を貫く。すると王女が、いつもの無感情なまなざしでこちらを見上げてきた。

「会議中に眠っていたら大臣から怒られて、それで腹を立てて王宮を飛びだしてきたのです。いつものことですが」

「……お前がか？」

小柄な王女を、まじまじと見つめ返す。

「城から飛びだしてきて、それでここまで歩いてきたと？」

「会議は寝るための場です。私の本分は戦いですので、戦場での疲れを会議中に癒やすのは当然のことでしょう」

意外だった。

自分《サリンジャー》が知っているのは王女ミラベアの鬼気迫る戦闘面だけだが、さぞ王女としての執務も完璧にこなすものと思っていた。

機械のように正確に。

機械のように淡々と。

それがどうだ、会議で居眠り？　大臣と喧嘩《けんか》してふてくされて逃げてきた？

「まるで人間のようだな」

「どういう意味かわかりませんが、お願いしますね」

そして去って行く。

相変わらずその足音は無音だし、背を向ける動作も俊敏この上ないのだが。

「……あの戦闘人形も笑うのか」

初めて見た。

……俺の返り血を浴びても眉一つ動かさないくせに。

……腹を抱えて、息ができないくらいに笑い転げることもあるのか。

「っ。くだらん」

そう口にして、サリンジャーは頭を左右に振った。

このままでは——笑った王女の顔が、脳裏に焼き付いてしまう予感がしたから。

可、可愛らしかった。

あの王女など戦闘人形としか思っていなかった。それなのに……

「馬鹿か俺は！」

壁へ、拳を叩《たた》きつける。

「今日だけだ。次は見逃すと思うなよ」

初めてだった。

二人が出会い、そして血を流すことなく別れたこと。

不完全燃焼であるはずなのにふしぎと胸中に不満がない……そこにこそ苛立《いらだ》ちを感じ、サリンジャーは奥歯を噛《か》みしめた。

思えば──

あの戦闘人形が笑った瞬間《とき》から、二人《じぶんたち》の何かが変わり始めた。


数日後。

サリンジャーは例のごとく王女ミラベアに挑み、例のごとく惨敗を喫した。

いつもの総評へ──

「サリンジャー、あなた腕力で私に負けてどうするのです?」

「サリンジャー、あなた星霊術が粗すぎです」

「サリンジャー、あなた奇襲を仕掛けておいてソレですか?」

憐《あわ》れみではなく蔑みで。

王家の戦闘人形である王女は、何度でも自分《サリンジャー》を見下ろしながらそう言うのだ。

「サリンジャー」

そして今回。

「やっぱり星霊使いではなく『星霊使われ』ですね。奪った星霊術を片っ端から使うだけ。個の星霊を極限まで高めた星霊使いには勝てないですよ」

「ネタ切れか」

「え？」

「その説教は前にも聞いたと言っている」

割れた額から滴《したた》り落《お》ちる血。

木の幹を支えにして、サリンジャーは全身を痙攣《けいれん》させながらも立ち上がってみせた。

「……貴様の、その感情のない説教も遂《つい》にネタが尽きたというわけだ。しょせん小娘……年相応に語彙が貧相だな？」

「何度も言わせるあなたが進歩しないだけでしょう」

中央州の都市郊外。

ネビュリス王宮を一望する丘で、王女が、わずかに汗で湿った金髪を指先で梳《くしけず》る。

その仕草は──

サリンジャーが初めて見た、王女ミラベアの「人間らしい」仕草だった。それをあえて言及してやるか迷った一瞬の間に。

「あと、今さらですが小娘ではありません」

王女がそう言った。

新緑の丘に吹きこむ風に、前髪をさらさらとなびかせながら。

「ミラと呼んでください」

「……なに？」

「私がサリンジャーと呼んでいるのに、あなたが私を小娘呼ばわりするのは平等ではないでしょう」

聞き間違いをまず疑った。

サリンジャーは王家の名も顔もすべて調べ上げている。この王女はミラベア・ルゥ・ネビュリス８世だ。

「今さら空言か？　貴様の名はミラベア――」

「ミラです」

「？」

「ミラベアという名前はすっきりしないので嫌いです。短くミラと呼んでください」

「はっ！　俺が命令に従うとでも？」

一笑のもとに笑い飛ばす。

誰かの命に従うなど、世界で最も恥ずべきことだ。

「天上天下、俺は俺に従うのみだ。何者の下にもつく気はない。貴様をミラと呼べ？　どう呼ぶかは俺が決め——」

「ミラベアと呼んだら、二度とあなたとは戦いません」

「…………」

この卑怯者《ひきょうもの》が。

そんな情けない罵倒しか思いつかず、サリンジャーは言葉を失った。

と同時に——

自分が今どれほど王女《ミラ》に依存しているのかも、自覚してしまった。

「私の名はミラです」

少女は瞬《まばた》き一つしない。

もしも第三者がこの澄みきった眼差《まなざ》しを見れば、それが一生のお願いのようだと感じていたに違いない。

「お願いしますねサリンジャー」

「…………」

長きにわたる沈黙と葛藤を経て。

諦観の溜息《ためいき》をついたのは、サリンジャーの方だった。

「……ミラ。これでいいか」

「ありがとうございます」

無表情でそう応え、金髪の少女が踵《きびす》を返《かえ》してナイフを腰に納め——

「痛《いた》っ」

ミラの小さな悲鳴。

その手元につっと赤い切り傷が引かれている。どうやらナイフの刃先が、ミラの指先を掠《かす》めたらしい。

「……私が、こんなことで動揺を」

「？　何のことだ」

「何でもありません。では失礼。次も私を失望させないでくださいね」

左手の切り傷を、さりげなく右手で覆い隠して。

ミラは、そそくさと丘を走っていった。

以後の決闘で。

サリンジャーは、星《ルゥ》の第一王女を律儀《りちぎ》に「ミラ」と呼び続けた。そこにどんな意図が、どれだけの感情が込められているかも知らないままに。

それでも。

この関係が心地よいと、どこかでそう感じている自分がいた。

そんな二人の思惑とは別に——

舞台に、閉幕の時が近づいていた。

Chapter.4　『灯《ともしび》──聖戦《あい》を知るには幼《はや》すぎて、──』

1

「お嬢、起きてらっしゃったのですかっ⁉」

ネビュリス王宮・星の塔。

まだ空が薄暗く、地平線の先がわずかに赤らむ程度の夜明け。王女ミラベアを起こしに向かったシュヴァルツは、信じられないものを見た。

王女《ミラベア》が起きていたのだ。

むろん王女《ミラベア》とて早起きすることもある。お腹《なか》が空《す》いたり、昨日昼寝をし過ぎたせいで眠れなかったり。無いわけではないのだ。

だが今回は。

「……お嬢、いったい何をしているのですか？」

机に座って歴史書を開いている。手にペンを握ってメモを取っているのだ。

まさかこれは。

「勉強しています」

「勉強っっ⁉」

世界で一番似合わない王女の言葉に、シュヴァルツは手にしていたティーセットを床に落としてしまった。

「あっ⁉　し、失礼しました！　私としたことが……」

「――――」

ミラは返事をしない。

当の本人からしても、慣れない勉強で手一杯なのだ。床に紅茶がこぼれようとカップが割れようと、いちいち反応している余裕がない。

「シュヴァルツ、食事はテーブルに置いておいてください」

「……わ、わかりました……あの……」

シュヴァルツが歴史書を覗《のぞ》きこむ。

「お嬢、いったいどうされたのですか。あれほどお勉強が嫌いでしたのに……」

「特に理由はありません」

歴史書の単語を、メモに書き写しながら。

「私とて王女です。最低限の教養を身につけようと思いました。歴代女王の名前も言えないのか無教養めとバカにされたので」

「……バカに？　誰にです？」

「――――」

しまった。

内心そう口にするが、もちろんミラは表情《かお》に出さない。

「シュヴァルツも名前は聞いたことがありますよ」

「城の家臣ですか？」

「想像に任せます。そして見てのとおり私は忙しい。話がそれで終わりなのならば――」

「いえ、大事な報告事が……！」

シュヴァルツが慌てて姿勢を正す。

「ご報告します。明後日《あさって》の城下町パレードが中止になりました」

「わかりました」

シュヴァルツの顔を見ずに返事。

興味がない。どうせ数日以内にサリンジャーが挑戦しにやってくる。自分の関心はそれにしかないのだから。

が――

「魔人サリンジャーの被害が日増しに大きくなっています。第四区画でも大規模放火があり、パレードが中止になりました」

「……え？」

ほぼ無意識に、ミラベアは、ペンを走らせる手を止めていた。

聞き流していたせいで聞き取れたのはせいぜい五割。だが確かに、シュヴァルツの口から見知った名前が。

「シュヴァルツ、詳しく報告を」

「はっ。二週間ほど前から中央州で頻発している放火事件、傷害事件。すべてがサリンジャーの犯行だと目撃証言が上がっております」

二週間前から？

おかしい。サリンジャーは自分と、もう何週間も決闘尽くめだ。

……いつも私に敗れて瀕死《ひんし》の重体。

……その身で放火事件？　傷害事件？　できるわけがない。

動機の面でも考えにくい。

サリンジャーの標的は、強大な星霊を持つ者だけだ。街の一般人ではない。

何よりも――

〝俺の舞台を見届ける観衆たちだ。観衆に敬意を払わぬ演者など二流に過ぎぬ！〟

見境はあるのだ。

歪《ゆが》んでいようとも確固たる美学がある。その美学に反するなら死を選ぶ男が、一般人を襲撃するか？

「シュヴァルツ。それは誤情報です」

「は、はいっ!?……お嬢、どうしてそう思われるのですか」

「勘です」

二週間前は、自分が彼と戦っていたから。

いっそ素直に言ってしまうことも考えたが、先に確かめることがある。

「シュヴァルツ、その証言は誰のものですか？」

「それぞれの被害者です。現在、太陽《ヒュドラ》が主管となって事件を調査しています。なにしろ太陽《ヒュドラ》は王宮守護星のジャネス殿も襲撃されていますから」

そう、王宮守護星の件はわかる。

自分がサリンジャーと出会ったのが、まさにその犯行日だ。

……あの事件の印象が強すぎる。

……だから皆、それ以外の事件もサリンジャーのせいと無条件で思いこんでいる？

容疑をかけたくなるのもわかる。

だがこれは冤罪《えんざい》だ。

モヤモヤする。彼《サリンジャー》のことを知りもしない他人が彼《サリンジャー》を一方的に見下している。それが嫌なのだ。

彼《サリンジャー》を見下して良いのは、彼を理解している自分だけの特権だろう。

「わかりました」

自らに言い聞かせるように呟《つぶや》いて。

一度深々と息を吐きだして、ミラベアは、分厚い歴史書をパタンと閉じた。

「シュヴァルツ、あなたに紹介したい人間がいます」

2

ネビュリス皇庁、西の山岳地帯。

主要駅《ターミナル》『サクラリス・ネビュリカ』から、特急列車で五時間以上。

窮屈な席ならば億劫《おっくう》に感じる移動距離だが、サリンジャーが座っているのは最高等級のボックス席である。

足を伸ばせるほど広々とした間取りで、乗車中はチーズと発泡葡萄酒《スパークリングワイン》が提供される。

「……で？　ミラよ。俺がこれで満足すると思ったか」

「不満ですか？」

「時間の浪費だ」

四人掛けのボックス席。

その対面の王女へ、サリンジャーは苛立《いらだ》ちを隠そうともしなかった。

珍しくもミラから決闘場所の指定があった。それが夜の主要駅《ターミナル》だったのには疑問を持っていたが、まさか列車に乗っての小旅行とは。

「なぜ戦いの場所を替える？」

「着いたら説明します」

そう答える金髪の少女は、なぜか歴史書を熟読中である。こちらを見向きもしない。

退屈を極めたサリンジャーが立ち上がろうとした、その矢先——

「そういえば」

少女がぼそりと呟いた。

分厚い歴史書のページをめくりながら。

「サリンジャー。あなたは皇庁が嫌いですか」

曖昧この上ない問いかけだ。

聞き返そうかとも迷ったが、サリンジャーはあえて思うがまま答えることにした。

「別に」

「嫌いなのは王家だけですか」

「そうだ」

「皇庁の一般人をどう思いますか？」

「俺の舞台を見届ける観客だ」

「そうですね。そう言ってましたね」

会話がそこで切れる。

また静寂が続くのか、そう思っていたが。

「私たちが向かうのはイヴィス山脈の岩稜帯《がんりょうたい》です」

「あの秘境か……！」

久方ぶりに、サリンジャーは声に力をこめた。

聞き覚えがある。一流登山家さえも物怖《ものお》じする最危険の岩場で、多くの冒険家が落石や滑落によって帰らぬ人となったという。

「面白い。貴様もただの決闘に飽いていたというわけか。常人には立ち入れぬ秘境こそ、俺たちの戦いには相応《ふさわ》しいと！」

「はい。そこに強盗団の拠点《アジト》があります。武装のほか、全員がそれなりの星霊使いらしいので一応は気をつけてください」

「愚問だな。この俺が…………ん？」

まじまじと対面の少女を見つめる。

訝《いぶか》しげに目を細めて。

「ミラ、今なんと言った」

「盗賊団の討伐を手伝ってください。これはそのための出張です」

「ふざけるな！　なぜ俺が——」

「それが終わらないとあなたと戦えないのです。私こうみえて王女なので。王女の責務を果たさなくてはいけません」

真顔の王女が、その両手で分厚い歴史書を押しつけてきた。

「覚えました。テストしてください」

「ん？」

「王女のくせに歴代女王の名も知らないのか無教養め、と。そう挑発してきたのはあなたです。だから覚えました」

ミラは瞬《まばた》き一つしない。

やはり本当に人形なのでは――そう疑いつつも、大粒の瞳で見つめてくる少女から、サリンジャーは目を背けることができなかった。

「ではこうしましょう。私がテストに答えられたら手伝ってください」

　　＝

イヴィス山脈・岩稜帯。

重量何トンという巨大な岩石が埋めつくす山脈地帯で。

黒い煤煙《ばいえん》がパッと上がった。

「……くだらん」

倒れた男たちと、散乱する銃火器。

この秘境を塒《ねぐら》にしていた強盗団を瞬《また》く間《ま》に掃討しておきながら、サリンジャーの声音は、一切の達成感を宿していなかった。

「この俺が強盗退治だと？　どこの三流が書いた筋書《シナリオ》きだ。ミラよいい加減に吐け、俺をここまで呼び寄せた理由を」

「話が早くて助かります」

岩場を登ってくる金髪の王女。

二手に分かれて強盗団を拘束したのだが、当然こちらは傷一つない。

「助かりましたサリンジャー。あなたが挟み撃ちしたおかげで楽に済みました」

「前置きはいい。話せ」

「ではサリンジャー、あなたを聴取します」

「聴取だと？」

「十七日前、大通り沿いで民家を全焼させた犯人。五日前、主要駅《ターミナル》を巡回する警務隊三人に突如後ろから火の星霊術を浴びせた事件」

「……？」

「極めつけは月《ゾア》の前当主ローギアス卿《きょう》と、その従者ハーレイとガッシュが襲われた事件。この三人は今も意識不明の重体です」

機械的な口調で諳《そら》んじるミラ。

どうやら中央州で起きた事件らしいが、自分《サリンジャー》にはどれも初耳だ。もともと世間の出来事に興味を持ったこともない。

「ふざけるな。その事件の犯人探しを手伝えとでも言う気か？」

「あなたの容疑です。あなたがこれら一連の事件の犯人ではないかと、王家では調査が進んでいるのですよ」

「……は？」

次の瞬間。

サリンジャーの胸に湧く感情は、濡《ぬ》れ衣《ぎぬ》を着せられた怒り以上に、まるで的外れな容疑をかける王家への嘲笑だった。

「ははははっ！　俺がその知りもしない事件の犯人だと⁉　王家の無能ども、良くもまあ恥ずかしげもなく無様な調査ができるものだ！」

「あなたではないと？」

「好きにしろ。弁明する価値さえない」

俺ではない、と。

そんな無様な釈明に甘んじるつもりもない。あまりにも馬鹿馬鹿しい。誰とも知らぬ者を無差別に襲う意味がない。

「俺は、貴様という女以外眼中にない」

「〜〜〜っ！」

金髪の少女が跳ねた。

自分《サリンジャー》の前でなぜかミラが突然に目を見開き、妙にソワソワとこちらを見つめてくるではないか。

「？　どうした」

「………へ、変な意味ではありませんよね」

まるで故障した機械のように。

ギギギ、とぎこちない動きでこちらに横顔を向ける少女。

「……もう一度お願いします」

「俺は、貴様という女以外眼中にない」

「〜〜〜っ！」

ビクンと痙攣《けいれん》。

もっとも、それを眺めるサリンジャーにはまるで理解できない挙動だが。

「俺を虚仮《こけ》にする気か？」

「……い、いえ。そんなことはありません」

王女がコホンと咳払《せきばら》い。

「もういいでしょう、シュヴァルツ」

　空気が揺らめいた。

　ミラの背後が陽炎《かげろう》のように揺らぎ、灰色のスーツを着た壮年の男が現れる。

　おそらくは『霧』の星霊術の類だろう。奇妙な気配につけられているとサリンジャーも感じてはいたが。

「何だ、その男は？」

「私の従者で教育係です。そして聞いての通りです」

　シュヴァルツへと振り返るミラ。

「これまでの不審な事件とサリンジャーは無関係です。強盗団の壊滅にも手を貸してくれたことからもわかりますが、根っからの悪人でもありません」

「……お嬢」

　従者が、苦々しく口元を歪《ゆが》めてみせた。

「これは由々しき問題です。女王候補たる王女が、悪名高い魔人とこうも堂々と通じているなど……この男と何があったのです……」

「もちろん私の敵です」

　王女の返事に迷いはなかった。

それを聞いた従者の方が驚くほどの、「当然です」という口ぶりで。

「サリンジャーは罪人です。私は王女としてこの男を捕らえるつもりでいます」

「そ、それならば今すぐ――」

「でも今ではない」

「っ⁉」

「一連の不審事件の犯人として捕らえる気はありません。冤罪《えんざい》ですから」

「……で、ですがお嬢！　この男を放置していては！」

「聞いていなかったのですかシュヴァルツ」

王女がくるりと反転。

華奢《きゃしゃ》な指先――とは程遠い、ナイフを握りすぎてマメだらけの無骨な指先を、まっすぐ自分《サリンジャー》へと突きつけて。

「この男は私しか眼中にない、、、のです。私に夢中な獣です。私という檻《おり》がある限り、この男が誰かに噛《か》みつくことはありません。そうですよね？」

「…………」

「あなたに訊《き》いているのですよサリンジャー」

「……っ」

そうだ、とは言えなかった。

たとえ自分が先ほど言った台詞《せりふ》そのままであろうとも、ここで素直に肯定してしまうと、この王女に屈服させられた事になる。

「……俺は二度は言わん」

「さっき二度言ったじゃないですか。三度目も構わないでしょう？」

「黙れ」

興ざめだ。この秘境での決闘に胸躍らせていたのが恥ずかしい。

今すぐ立ち去ってしまおうと背を向けて——

「あ、待ってくださいサリンジャー。強盗団を壊滅した証拠写真を撮ります」

「先ほど撮っていたであろうが」

「私とあなたの写真です。あなたが私に夢中であるという証拠に」

「……なに？」

「シュヴァルツ、こっちは良《い》いですよ」

振り返ったサリンジャーの目の前で、従者の男が渋々とカメラを手にする仕草。

反射的に——

誰が写るものか。サリンジャーは咄嗟《とっさ》に顔を明後日《あさって》の方へと向けていた。

「ふざけるな！」

「あっ……」

まっすぐ立つ王女と、その隣でそっぽを向く魔人。

そんな不揃《ふぞろ》いの写真一枚を手に――

「写真を撮られるのが嫌いだなんて。子供みたいですね」

ミラが溜息《ためいき》。

そんな口ぶりとは裏腹に、撮った写真を大切そうに懐《ふところ》に収めながら。

「過《あやま》ちを犯さないでくださいねサリンジャー。私が最初に目を付けたのだから、私だけに相応《ふさわ》しい敵であってください」

少女が、断崖から飛び降りた。

それを見た従者が真っ青な顔で岩場を下っていくのを、無言で見送って――

「……三流芝居に駆り出されるとはな」

短く舌打ち。

ミラが飛び降りた方角とは別の方角から山を下ろうとした、その矢先。

懐の通信機が震えだした。

「誰だ？」

自分《サリンジャー》が連絡を取る者などわずか数人。

その液晶画面に表示された名に、サリンジャーは珍しくも眉をひそめていた。

「……俺の依頼、すっぽかしたわけではなかったらしいな」

メモリチップの解析技術者だ。

ヒュドラ家から奪った太陽のブローチ。その内部に隠されていたチップの解析を依頼していた技術者から。

王女《ミラ》が去ったのは、絶妙にタイミングが良かったというべきだろう。

「俺だ。解析に時間がかかったな」

『…………………』

「おい？」

通信機の向こうが沈黙。

耳を澄ませば微《かす》かな息づかいが伝わってくる。技術者がこちらの通信《こえ》を聞いているのは間違いない。

「俺だ。まだ解析に時間がかかるというのなら――」

『……ヤバい』

「ん？」

『ヤバい、ヤバいヤバいヤバいヤバい。ヤバいんだよ！　見ちゃいけなかった！　俺は、俺はこれを知るべきじゃなかった！』

悲鳴が飛びこんできた。

『サリンジャー、お前、よくもとんでもないものを見せてくれたな！』

「……何の話だ？」

事情が摑《つか》めない。

ヒュドラ家のチップの解析が妙に長引き、ようやく連絡を寄こしてきたらこの絶叫だ。

いったい何に慌てている？

「金は払った。メモリチップの解析はどうした」

『そのチップだ！　俺はもう逃げる。皇庁……いやだめだ。帝国に亡命する！』

「……だから何を言っている？」

亡命？　帝国？

通信先の声が震えている。まさか怯《おび》えているのか？

「どうした。チップの解析に成功したなら、その中身を見たな？」

『────怪物だ』

「怪物？」

冗談というより、比喩だと思った。

尋常ならざる強さをもった純血種を「怪物」と呼ぶのは稀《まれ》にあることで、身近な例では
あのミラも「怪物」と呼ばれる資格は十分だろう。

が────

そんな比喩で、ここまで怯えた声になるだろうか？

『と、とにかく俺はこの件から手を引く！』

「待て、俺がどれだけ金を積んだと思っている」

『……っ、な、なら解析結果は後で電子文《メール》で送る、それでいいだろ！　じゃあな！』

一方的に通話が切られた。

こちらからかけ直す？　いや、今の様子では通話はもう繋《つな》がるまい。

……奇妙だな。あの動揺ぶり。

……金を持ち去りたいだけなら、そもそも俺に連絡を寄こす必要はなかった。

つまり事実なのだ。

メモリチップを解析した技術者は、そこに記された情報に恐怖した。

「ん？　来たか」

通信機に電子文《メール》。

記されていたのは、文章ですらない名前の羅列だ。

「女王7世、ミラベア、オン、ローギアス、グロウリィ、シャクレック、コスピタル……シュヴァルツ、ハーレイ、ローギアス。……どれも王族と従者の名か。月と星《ゾアルゥ》だけで太陽《ヒュドラ》は入っていないと」

女王候補のミラをはじめ、月と星《ゾアルゥ》の有力者たち。

……女王聖別儀礼《コンクラーヴェ》の要監視リストか？

……太陽《ヒュドラ》が警戒する有力者たちならば辻褄《つじつま》も合うが。

それでは技術者の怯えようが説明つかない。

加えて――

「『被検体F』？　何だこの単語は？」

王家と従者の名が連なるリストの最後に、一つ、見慣れない単語が記されていた。

被検体とは？

あいにく電子文《メール》には文字しかない。何らかの画像があれば推測の余地もあっただろうが。

……逆に考えろ。なぜ画像を寄こさなかった？
……恐れたのか？
画像の送信が危険すぎると判断した。
技術者は何かを見たのだ。だが恐ろしすぎて画像をこちらに寄こすことができなかった
とすれば――
「っ！　ハーレイ、ローギアスだと⁉」
画面を再び凝視。
そこに連なる名が、サリンジャーの脳裏で読み上げられた。
〝月《ゾア》の前当主ローギアス卿《きょう》と、その従者ハーレイとガッシュが襲われた事件〟
〝あなたがこれら一連の事件の犯人ではないか〟
襲われている。
このリストに記載された者のうち複数名が襲われ、意識不明の重体になっている。偶然
ではないとすれば。
「まさか太陽《ヒュドラ》よ……」

冷たい風が、背筋をくすぐるように撫《な》でていく。

無人となった岩場で。

「このリストは単なる警戒人物ではない。標的《ターゲット》か！」

3

ネビュリス王宮――

会議室に集う王族、家臣たち。

誰もが手元の資料を見つめ、口元を強く引き締めている。

「証言します。この一連の事件、犯人は魔人サリンジャーであると！」

怒気を孕《はら》ませて、大柄な男が声を震わせた。

ヒュドラ家の王宮守護星ジャネスだ。今でこそ傷は癒えているが、サリンジャーの襲撃時は重傷の身だった。

「卑劣にも、奴《やつ》は闇に紛れて襲撃してきた。監視カメラにも捉えられています。女王！　ここ三週間続いている一連の暴力事件、残念ながら一般人にも被害が出ております。総力を挙げて捕らえねば！」

「ジャネス、お前の進言には感謝する」

テーブルに両肘をつく女王。

射貫《いぬ》くがごとき鋭い眼差《まなざ》しは普段と変わらないが、その口調には、ごく僅かな躊躇《ためら》いがあった。

「お前を襲ったのが奴《サリンジャー》であることに異論はない。……が、そこを発端とした数々の傷害事件は、まだ曖昧な目撃証言だけだ。たかが犯罪者一人に対し、女王《わたし》が直々に逮捕命令を下す必要があるかどうか」


「大いにありますとも」

場違いなほど落ちついた男声《バス》。

女王の席から三つ隣。真紅のスーツを羽織った堂々たる恰幅《かっぷく》の男が、悠然とした様子で腰かけていた。

──太陽の現当主アーケン。

煌《きら》びやかな金髪をきっちり七対三で分け揃《そろ》えた髪型に、わずかに生やした口ひげが実に正当感ある伊達気風《ダンディズム》を演出している。

「女王陛下、ジャネスが申し上げているのは一犯罪者に基づく警鐘ではありません。これは一国を揺るがしかねない事件です」

「……アーケン卿、その心は？」

「サリンジャーの犯行がまだ続くからです。我々の知るかぎり、奴は、まずは星霊部隊や警務隊から星霊術を奪っていました」

星霊術を蓄えた。

そして中央州へ到達し、王宮守護星ジャネスを襲った。

「奴はこれで満足か？　いいえ。奴の狙いは、始祖様に連なる末裔《まつえい》たちの星霊術でしょう。女王陛下、あなたこそが真の標的なのです」

「……っ」

女王が目を細めた。

「アーケン卿。その警告は憂慮あってのものだろうが、この私がどこぞの生まれの者とも知らぬ犯罪者に後れをとると？」

「カサンドラ・ゾア・ネビュリス7世は『業火《ごうか》』の星霊使い。有名すぎるのです」

ボッ、と。

太陽の当主アーケンが、懐《ふところ》から取りだしたライターに火をつけた。

皆に見えるよう炎を翳《かざ》して——

「火の星霊は強力だが、防御においては風や氷に劣ります。このとおり」

その炎に、グラスを傾けて水を注ぐ。

水を浴びれば炎は消える。

子供でも知っている常識だが、これは星霊術についても同様だ。炎の星霊術は、水や氷の星霊術と相性が悪いことが知られている。

さらにいえば炎は、飛び交う弾丸や至近距離のナイフも防げない。

つまりは弱点が多いのだ。

「炎の星霊使いは奇襲を苦手とする。そして魔人サリンジャーは、あらゆる卑劣を厭《いと》わぬでしょう。陛下の就寝時や入浴時も油断できない。奴の手札に隠密《おんみつ》行動用の術もあるようですから、城に入ることは容易《たやす》いでしょうな」

「――――」

「どうかご理解ください女王。私もジャネスも、あなたの身を案じているからこその提案なのです」

「……アーケン卿、卿の進言に感謝する」

女王の嘆息。

「一介の犯罪者ごときに女王《わたし》が動く価値もないとは思うが……皆の配慮に応え、魔人サリンジャーの逮捕命令を発する」

まずい。

その一部始終を前にして、ミラは、内心の葛藤を禁じ得なかった。

サリンジャーは、もはや女王指名の大罪人。

駅や空港といった公共施設はもちろん、警務隊の巡回により、もはや日の下を歩くことさえままなるまい。

……なんて事をしてくれるのですか、太陽《ヒュドラ》。

……私のサリンジャーに！

自分《ミラ》に言わせればすべてが前提から間違っている。いま議論されている謎の襲撃事件の犯人は、サリンジャーではないのだ。

ただし――

他方では「一部」否定できない真実もある。

……あの男は民衆を襲わない。

……だけど女王を狙っていると言われたら、それはあり得るから。

〝サリンジャー。あなたは、この皇庁が嫌いですか〟

〝別に〟

〝嫌いなのは王家だけですか〟

〝そうだ〟

純血種への凄《すさ》まじい対抗心。

彼《サリンジャー》の標的に女王が含まれているのは、ミラとて否定のしようがない。

「さて女王陛下、私に一つ提案があります」

ハンカチを取りだすヒュドラ家当主。

自らがこぼしたグラスの水を、テーブル上から拭き取りながら。

「サリンジャーの逮捕まで、陛下の護衛として三王家それぞれから兵を用意しましょう。言うまでもなく陛下はゾア家当主です。星《ルゥ》と太陽《ヒュドラ》の護衛など不要と思われるでしょうが、それでは危うい場合がある」

「……月《ゾア》の護衛に、サリンジャーの手先がいた場合か？」

「さよう。催眠術や傀儡《かいらい》があり得るのです。あの魔人は多くの星霊術を操るのですから、そうした術の一つや二つ持っていると想定すべきでしょう」

月《ゾア》単独の護衛態勢は、隙を突かれる。

ならば星《ルゥ》と太陽《ヒュドラ》からも護衛を出し、三王家で女王を守ればいいというのは正論だ。

ミラも口の挟みようがない。

あまりに最適な提案すぎて、用意周到にこの進言を練っていたのではという点だけが、引っかかるが。

「さて女王陛下、ヒュドラ家からはこのフランソワーズを護衛に推薦いたします」

「……は、はい!」

会議室の扉が開く。

おずおずと現れた小柄な黒髪の少女が、円卓を前にして慌てて一礼。

フランソワーズ・アレク・ヒュドラ。

太陽《ヒュドラ》が養子として迎え入れた少女の一人だ。ミラの記憶が確かなら『影』という特殊な星霊術の使い手だったはず。

「じょ、女王陛下……! わ、私にお任せください……いざという時は、命に代えてもお守りいたします……!」

「ご安心ください陛下。多少内気ではありますが、フランソワーズの腕は確かです」

自信を覗《のぞ》かせるヒュドラ家当主の微笑。

「従者としての心得もあります。入浴時は護衛兼従者としてお役立てください」

「……承知した」

女王が苦々しく首肯。

いまだ本心では納得しかねているのだろう。

「サリンジャーの逮捕命令を発する。中央州にてただちに警備態勢の強化だ。奴の首に懸賞金を手配し、目撃情報を募る」

「直ちに！」

警務隊の幹部が、敬礼。

もはや中央州はサリンジャーにとっての最危険地帯となった。そう察した瞬間、ミラの足は無意識に動きだしていた。

もうこの流れは止められない。王女である自分でさえも——

「シュヴァルツ、会議を任せます」

「お、お嬢っ⁉」

まだ会議は終わっていない。

皆に奇異の眼差しで見つめられるなか、足早にテーブルを横切って会議室を後にする。

いまは一刻の猶予もない。

「……サリンジャー」

拳を握りしめる。

歯がゆい。胸がムカムカする。あの場にあれ以上留《とど》まっていたら、自分はナイフを取りだして暴れだしていただろう。

……皆がサリンジャーを狙ってる。

……わたしのたった一人の遊び相手を奪おうとしている！

それが許せないのだ。

誰がやったかもわからない不審事件の冤罪《えんざい》ならば、なおさらだ。王宮の誰にも彼を明け渡すつもりはない。

「……サリンジャー。あなたは私の敵でいてくれますよね」

城には来るな。

今すぐ中央州から離れろ。皇庁のどこか辺境へ。

森でも山でもいい。姿を隠して数か月もすれば、女王は犯罪者一人くらいすぐに忘れてしまうだろう。

……中央州にいなくてもいい。私が行きますから。

……あなたが皇庁のどこにいようとも。私から戦いに行きますから！

だから今は来るな。

中央州に留まれば、彼は瞬《また》く間《ま》に捕らえられてしまうのだ。

懐からメモ帳を取りだし、ミラは、その空白のページを一枚引き裂いた。

「冗談じゃない」

4

中央州・都市郊外——

虫の音の響く田園地帯。カーテンから差しこむ茜色《あかねいろ》の光が、すでに夕暮れ時であることを報《しら》せてくれる。

「…………」

古小屋を改築した拠点で。

サリンジャーはベッドの端に腰かけ、じっと通信機の画面を見つめていた。

女王7世、ミラベア、オン、ローギアス、グロウリィ、シャクレック、コスピタル……

シュヴァルツ、ハーレイ、ローギアス。

つい昨日のことだ。

新たに星《ルゥ》の王宮守護星シャクレックが襲撃された。月《ゾア》と星《ルゥ》の王家が次々と襲われて、意識不明の重体になっている。

……犯人は太陽《ヒュドラ》。

……だが奴《やつ》らは被害者面ができる。俺という身代《スケープゴート》わりを見つけたからだ。

ヒュドラ家はさぞ歓喜しただろう。

自分《サリンジャー》がまず襲ったのが太陽《ヒュドラ》の一員だったこと。これで「月《ゾア》と星《ルゥ》が襲われたのに太陽《ヒュドラ》は襲われていない」という真実に霧がかかった。

あるいは――

この状況さえ誘導されたものだとしたら？

自分《サリンジャー》という身代《スケープゴート》わりをでっち上げるため、太陽《ヒュドラ》はわざと部下を襲撃させた？

……チップの情報も断片的だ。

……俺がこれを公表しようが、太陽《ヒュドラ》の闇を明かす決定的証拠にはなるまい。

太陽は待っていたのだ。

この舞台に、最高の身代《スケープゴート》わりが現れるのを。

「不敬、余りあるぞヒュドラ！　この俺を、王家の蠱毒《こどく》に浸《つ》ける気か！」

立ち上がる。

カーテンの隙間から差しこむ赤光《しゃっこう》からして、もうすぐ日没になるらしい。

……そういえば。

……今晩だったな。ミラとの決闘予定は。

決闘に約束などない。

だが数か月も続けば、互いに「次はいつだ」も肌で摑《つか》める。摑めるのだが……

「腹立たしい真似《まね》を……」

興が乗らない。

ミラとの戦いに赴く高揚が、こうも湧き上がらないのは初めてだ。

……太陽《ヒュドラ》のリストにはミラの名前もあった。

……ミラも狙われているのか。

不穏な予感が脳にこびりつき、高揚を妨げる。

ミラならば多少の刺客ごとき返り討ちにするだろうが、太陽《ヒュドラ》の動きが不気味すぎることが妙に引っかかる。

リストの最後に記載されていた『被検体』とは、何だ？

答えが出ないまま歩き続けて。

「ミラ？」

野の香りが吹きすさぶ田園地帯。

いつもならレインコート姿でやってくるはずの少女は、いなかった。

代わりに。

「……伝言か」

メモ帳を引き裂いたような紙が、石を重しにして道の中央に落ちていた。

殴り書きのような一文。

――『中央州から出ろ。絶対に城に来るな』

笑い話だ。

誰が書いたのか名前の頭文字《イニシャル》だけでも記しておくべきなのに、何一つない。それなのに、これが彼女の伝言であることは明白だった。

……そうとも。

……この世界で俺に、命令する輩《やから》はお前だけだからな、ミラ。

サリンジャーに命令するという不遜。

筆致でなく、頭文字《イニシャル》でなく、だが何よりも明確な書き手の証明。

……ミラは、俺を城から遠ざけたい。

……予想通りだな。太陽《ヒュドラ》が、俺という身代《スケープゴート》わりを捕らえに動いたか。

彼女《ミラ》は自分を逃がそうとしている。

だが――

だが違うのだ。

「太陽《ヒュドラ》の真の狙いは俺ではない。お前だ、ミラ」

ミラは女王聖別儀礼《コンクラーヴェ》の最有力候補。

太陽《ヒュドラ》が首を狙っているのは彼女なのだ。

「……だがヒュドラよ。いかなる方法でミラを狙う？」

なにしろ史上最強の女王候補だ。

ヒュドラ家の純血種が数人がかりでもない限り、ミラは大抵の刺客を返り討ちにするだろう。

……正面きっての襲撃ではないな。

……毒薬。就寝時や入浴時を狙う。あるいは特殊な催眠系の星霊術もありえるが。

絞りきれない。

どれだけ思考を巡らせようと答えは出ない。そう察した瞬間から、サリンジャーの足は自ら意思を持ったがごとく動きだしていた。

答えが出ないなら。

答えを知る者に問えばいい。

夜を待つ。

ネビュリス王宮、門前繁華街。

夜が更《ふ》け、繁華街の明かりが一つまた一つと落ちていく。昼間は賑《にぎ》わっていた大通りも、いまは数人が帰路についているだけ。

その静けさに紛れて――

「っ！　貴様⁉」

「サリンジャーッッッ！」

大通りの真ん中で。

あまりに大胆かつ堂々と、サリンジャーは巡回中の警務隊を路上に叩《たた》き倒していた。

仰向けで転がる二人。

久しく忘れていた構図だ。ここ最近は自分が一方的に、ミラから見下ろされる側だった。

「……サリンジャー。堪《たま》らず炙《あぶ》り出《だ》されてきたか！」

「……今までの連続襲撃事件。お前はこうやって、襲っていたわけか」

「語るも滑稽だな」

警務隊の一人を足で押さえつけながら、もう一人へとしゃがみ込む。

額と額が接触するほどの至近距離で。

「お前たちの目はガラス玉か？　仕組まれた筋書き《シナリオ》を疑いもせず、台本に忠実に動くしかできぬ三流俳優が」

「……何を言っている……？」

「お前らが俺にかけている一連の容疑、別に真犯人がいるとしたら？」

「……ふはっ！」

背中を踏まれた方の男が、鼻で笑った。

「今さら臆したかサリンジャー。お前が女王を狙っているのを誰もが知っている。夜会に乗じようとしても無駄だ！」

「――――何だと？」

違和感。

いつもの自分なら弱者の戯言《たわごと》と聞き流していただろうが。

……俺が女王を狙っている。

……なぜ断言できた？

星霊術を奪ってきた前科と照らし合わせれば、その延長線上で王家を狙うことは確かに推測できるだろう。

だが、なぜ王家の誰でもなく女王一人と断定した？

……俺が狙っていたのは王家の強力な星霊術片っ端だ。

……だからこそミラとも戦ってきた。

まるで。

まるで誰かから「サリンジャーが女王を狙っている」と教え込まれたかのような自信に満ちあふれている。

……そして夜会？　城の晩餐《ばんさん》会か舞踏会か。

……なぜ夜会に乗じると断言できる。

そういうことか。

太陽《ヒュドラ》の計画は――

次の夜会に乗じて女王を狙う。

それを自分《サリンジャー》の犯行として仕立て上げる気でいるのだ。

既に王宮では、その情報《デマ》がごく自然に流されているに違いない。自分《サリンジャー》が次の夜会を狙っているという偽造の情報《デマ》が。

「……つくづく小利口ではないか、太陽《ヒュドラ》よ」

対し、自分がすべきことは？

真っ先に挙がる選択肢は、ミラの忠告に従って中央州から去ることだろう。

女王の命が狙われようが知ったことではない。

だが……

城にいる彼女《ミラ》は、どうなる？

狙われているのは女王だけではないのだ。

ミラ本人も、まさか自分が狙われているなど夢にも思うまい。

「……あの小娘のことだ」

ミラは幼すぎる。

戦闘で生きてきた無垢《むく》な少女は、女王の座を巡る暗黒の駆け引きを知らない。そして、知るべきではない。

「太陽《ヒュドラ》よ」

奥歯を噛《か》みしめ、踵《きびす》を返《かえ》す。

足下に倒れた警務隊二人など、もはや眼中どころか意識の隅にさえ存在しなかった。

煌々《こうこう》と輝く王宮を仰ぎ――

サリンジャーは、夜に咆吼《ほうこう》を轟《とどろ》かせた。

「誰の許しを得《え》、俺のミラに手を出すつもりだ！」

Chapter.5　『灯《ともしび》―願わくは、されど悲恋の舞台でも―』

1

夜会「宮廷舞踏会」。

ネビュリス女王の名において主催され、諸外国からも賓客《ゲスト》が招かれる。男性は燕尾服《えんびふく》、女性ならばイブニングドレスでの夜会である。

――五日後の夜二十二時。

サリンジャーが拍子抜けするほどに、夜会の日時はあっさりと調べがついた。

……見え透いた罠《わな》だな太陽《ヒュドラ》よ。

……この夜会の日時、俺に知らせるためにわざと流したものだろう？

この夜会に乗じ、女王やミラなど他王家の有力者をまとめて消し去りにかかる。

犯人は魔人サリンジャーだと。

太陽《ヒュドラ》は既に、そのための架空の証拠を用意しているに違いない。

……本来どうでもいいことだ。

……女王がどうなろうと、その罪を俺に被《かぶ》せてきたところで、俺は一向に構わない。

そのはずだった。

ミラがいなければ——

この血塗られた舞台に、悲劇のヒロインとして彼女《ミラ》が立ってさえいなければ。

……粗雑な筋書きだ。

……なんと稚拙で、強欲で、薄汚い舞台だ。

だが。

だが上がろう。

彼女《ミラ》が悲劇のヒロインになる瞬間を、観衆としてただ眺めるくらいなら——

「一度きりだ。太陽《ヒュドラ》よ。貴様らのこしらえた舞台に上がってやる」

夜会当日・正午。

煌々と空に輝く太陽を睨《にら》みつけ、サリンジャーはまさしく演者のごとく謳《うた》い上げ、そして確固たる様で歩きだした。

「拍手と喝采で、出迎えよ」

2

「魔人サリンジャーは必ず現れる」

夜会当日、十七時。

目の覚めるような蒼穹《そうきゅう》に、うっすらと茜色《あかねいろ》が滲《にじ》む刻《とき》。

「警備は予行通りだ。すべての指揮系統は、この私アーケンが全責任のうえで執り行う。諸君らが何一つ迷うことはない」

女王宮・二階大ホールにて。

真紅のスーツを羽織った男が、歌手さながらに通る男声《バス》を響かせた。

――太陽《ヒュドラ》の当主アーケン。

サリンジャー討伐の指揮官であり、この偽りの夜会の発案者だ。

たとえばこの大ホール。

華やかに着飾った音楽隊が軽やかに曲を奏《かな》でているが、彼らはすべて、音楽隊に扮《ふん》した星霊部隊である。

会場でアルコールの支度を進める給仕《きゅうじ》も、すべてが王家の護衛である。

「女王陛下、夜会まであと二時間ほどです」

赤ワインのグラスを呷《あお》るアーケン。

飲料の毒味も兼ねているのだろうが、それ以上に、この落ちつきはらった所作によって警備の部下たちに信頼感を与えるためだろう。

対し――

「アーケン卿《きょう》」

女王ネビュリス7世は、不機嫌さを隠そうともしていなかった。

「半分は影武者とはいえ、周辺国からの賓客《ゲスト》も半数は本物だ。家臣たちも多忙ななか集めてきた。これだけの事をして――」

「来ますよ」

太陽《ヒュドラ》の当主アーケンが手にする液晶端末。

モニターに映ったのは、繁華街にある監視カメラの映像だ。俳優顔負けの美貌を湛《たた》えた白髪の男が、通りを堂々と闊歩《かっぽ》している。

「奴《サリンジャー》は中央州にいる。我々はここまで夜会の日程を噂《うわさ》として流し続けた。必ず訪れるでしょう。陛下の星霊術を狙って」

「私は構わん。だが……」

女王が目を向けた先には、談笑を交わす周辺国からの賓客《ゲスト》たち。

「サリンジャーがこれだけの賓客《ゲスト》を無差別に攻撃した時、対応しきれるか？」

「むしろ好都合。それでこそ奴《やつ》を討伐できる大義名分ができるのです」

「………」

「開演まで間がありますが、こたびの計画。最終段階へと移りましょう」

太陽《ヒュドラ》の当主アーケンが、付けていた白手袋をゆっくりと指から引き抜いていく。

露出する手の甲――

そこに淡く刻まれた『現世《うつしよ》』の星紋が、ぽっと小さく瞬《またた》いた。

「では失敬、陛下」

女王の肩に触れる。

と同時、大ホールの誰もが見守るなか、女王が二人に分裂した。

「偽物《にせもの》の私は、会場《ここ》でサリンジャーを誘い出し――」

「本物の私は、女王の間に身を潜める」

異口同音ならぬ異口同声。

二人に分裂した女王から、まったく同じ声で、別々の言葉が紡《つむ》ぎだされた。

「左様ですとも陛下」

頷《うなず》く当主アーケン。

彼の『現世《うつしよ》』は触れた人間の分身を作り出す。この分身は肉体があり、匂いがあり、犬や機械さえも識別不可能。

さらに恐るべきは、この分身が本人の思考までコピーして独立行動することだ。

――魔人サリンジャーは絶対にわからない。

――舞踏会場にいる女王が偽者《にせもの》だと識別するのは不可能だからだ。

あえて言えば星霊まではコピーできないが。

サリンジャーが「女王が星霊を宿していない」ことに気づいた時は、この会場で、既に精鋭たちに囲まれた後だろう。

「では諸君、予定どおりに」

太陽《ヒュドラ》の当主が手を打ち鳴らした。

「私は大ホールに残り、サリンジャーを迎え撃つ。それまで陛下には女王の間に避難していただこう。そうだなフランソワーズ」

「……は、はい！」

黒髪の少女が、当主の前で慌てて一礼。

「このフランソワーズ、本物の女王陛下にどこまでもご同行いたします！」

月《ソア》・星《ルゥ》・太陽《ヒュドラ》の布陣。

この舞踏会場で、魔人サリンジャーを迎え撃つのが星《ルゥ》の精鋭たち。

女王に同行するのが太陽《ヒュドラ》の精鋭フランソワーズ。

そして、大ホールと女王の間での情報伝達役が——

「オン」

「準備できております、陛下」

子供用の燕尾服を着た少年が、ぺこりと一礼。

まだあどけなさの残る面立ちながら、その紫色の瞳には、子供離れした老獪《ろうかい》な知の光が灯《とも》っている。

「女王の間には異常ありません。陛下、これよりお連れいたします」

オンと呼ばれた少年が、瞬時に消失。

と同時にネビュリス7世と護衛フランソワーズの姿も、まるで空中に溶けていくように掻《か》き消える。

時空干渉系にあたる『門』の星霊術。

純血種の中でも、極めて特殊かつ希有《けう》な力だ。その光景を——

「…………」

舞踏会場の隅で、ミラは息を潜めるように観察していた。

……わかっていますねサリンジャー。

……私は忠告しました。どうかあの伝言を見つけて。

城に来るな。

サリンジャーという男は、もはや最悪の犯罪者として認知されている。ここに現れようものなら自分もかばい立てできない。

「絶対に……来ないでください……」

呼吸と区別がつかないほど微《かす》かな、掠《かす》れ声。

自分にしか聞こえない声。

だからこそ気づいた。

この声は、心が、自分自身に聞かせたがっている発露なのだと。

……私は。

……彼との関係をこんなにも望んでいたのですか……

来ないでくれ。

頼むから何も起きないでくれ。

夜21時30分。

壁掛け時計の短針と長針と秒針を、祈る心地で見上げ続ける。

夜22時、夜会開幕――

夜24時、夜会一部閉幕――

夜25時、夜会完全閉幕――

いつもの自分なら寝ている時刻だ。カフェインなど珈琲《コーヒー》一杯分も摂取していないのに、脳が爛々《らんらん》と醒《さ》めているせいで眠気など微塵《みじん》も感じない。

……夜会が終わる。

……ああ良かった。終わったのですか……

結果。

ミラの不安と裏腹に、サリンジャーは現れなかった。

舞踏会場という名の処刑場で待ち受けていた警備兵も、どこか興ざめした表情だ。

そして去っていく。

舞踏会の閉幕で、参加者たちが一人また一人と会場を後にしていくなか――

女王の間の異変に、まだ誰一人気づいていなかった。

夜25時。

カチリ、カチリと時を刻んでいく時計から目を離し、女王カサンドラは背後の気配へと振り向いた。

そこに跪いていたのは、情報伝達役の少年オンだ。

「陛下。舞踏会は閉幕しました。サリンジャーは現れませんでした」

「……そうだろうな。予想できていた」

女王がやれやれと溜息《ためいき》。

「この茶番にも飽きた。私もホールに戻ろうか」

「かしこまりました。ただホール内に賓客《ゲスト》が残っています。サリンジャーが賓客《ゲスト》に変装している可能性も捨てきれないため、すべての賓客《ゲスト》が退場し終わってから改めてお迎えに参ります。いかがでしょう？」

「それでいい」

「では失礼します」

ゾア家の少年が消える。

女王の間に残っているのは二人だけ。

女王カサンドラ、そして傍《かたわ》らに控える太陽《ヒュドラ》の護衛フランソワーズだ。

「……あ、あの女王陛下……恐れながらまだ油断は……！」

黒髪の少女が、いかにも怖々と口を開けた。

「サリンジャーは現れない。そう思わせて、我々が気を弛《ゆる》める時を狙っているかも……」

「誰にものを言っている」

ギロリ、と。

女王カサンドラは、護衛の少女を睨《ね》めつけた。

元より気に食わなかったのだ。歴戦の星霊使いである自分が、なぜこんな小娘を護衛につけなくてはいけないのか。

「私は女王だ。帝国軍との戦場で、どれだけの死線と銃弾を掻い潜《くぐ》ってきたことか。そんなことも調べていない上での発言か？」

「……も、申し訳ございませんっ！」

少女が大慌てで平伏。

女王カサンドラはそれを無視し、はるか後方の扉を凝視していた。

カツ、カツと伝わる微かな靴音。

「誰だ！」

まさか、遂《つい》にサリンジャーが？

「よろしいですかな陛下」

女王の間の扉が開く。

わずかに身構えていた女王の前で、真紅のスーツを羽織った大男が仰々しく一礼。

「アーケン卿《きょう》か」

「ご報告に参りました」

ヒュドラ家当主が、厳かな立ち振る舞いで入室してくる。

「結論からご報告します。今宵《こよい》、サリンジャーは現れませんでした」

「聞いている。一足先にオンからも同じ報告を受けた」

「……ほう、そのオン少年は？」

「大ホールに戻ったが、それが何か」

「いえ。ならば話を進めやすいなと思っただけのこと」

話を進めやすい？

当主アーケンの言葉があまりに自然すぎて、女王カサンドラも追及するか一瞬躊躇《ちゅうちょ》した。

その一瞬の間に——

「陛下。この一連の事件、本当にサリンジャーの仕業でしょうか」

「ん？」

「むしろこうは考えられませんか。女王の命を狙う者はサリンジャーではなく、最初から城の内部にいたと」

真紅のスーツを着こなした紳士が、胸に片手を当てて天井を仰いだ。

光《ライト》を求める壇上の俳優さながらに――

「だが城内で事を起こせば、真っ先に疑われるのは王家。ならば城の外で適当な犯人役をでっちあげればいい。代罪人《スケープゴート》だよ。王家の星霊術を狙うサリンジャーは適役だった」

「……アーケン卿？」

「やれ」

「――――ッッ⁉」

女王カサンドラが、麗《うるわ》しく宙を舞う。

力強く床を蹴りつけるや曲芸さながらに宙へと飛び上がり、身を激しく回転させて後方へと着地。

その直後、よろめいた。

「……か……っ……はっ……そういうことか…………」

ぽたっ。

着地と同時に、その脇腹から赤いしずくがこぼれ落ちる。

「フランソワーズッッッッッ！」

「……も、申し訳ありません。女王陛下……私、つい……！」

護衛だったはずの少女が、おろおろと慌てる仕草。

いかにも臆病な小動物のようなか細い声色でありながら、その目元は、獲物をいたぶる快楽でうっとりと微笑《ほほえ》んでいた。

「女王様があまりに隙だらけで……だって私、申し上げたではありませんか。『油断はできません』と」

「……痛い教訓だ」

荒々しく息を吐きだす、女王カサンドラ。

すべて太陽《ヒュドラ》の陰謀だったのだ。

思えば――サリンジャーの犯行を予見したのはヒュドラ家で、この夜会もヒュドラ家が全計画を担《にな》っていた。

「始祖様の時代から七十年。国家誕生以来の反逆だぞ、下郎共！」

「反逆などありません」

カラン……。

女王の脇腹を抉《えぐ》った短刀を投げ捨てる、フランソワーズ。

「だってこれはサリンジャーのせいですから。ヒュドラ家が、まさか女王に無礼を働くなんて誰も思わないでしょう」

「女王《わたし》という最大の証言があるのにか？」

脇腹から手を離し、女王カサンドラは太陽《ヒュドラ》の二人を睨《にら》みつけた。

傷は浅い。

今の奇襲でわかった。このフランソワーズは弱い。

もしもルゥ家のミラベアに同じ奇襲をされていたら、自分は刺された事実さえ気づかぬうちに絶命していた。

「アーケン卿よ。私を亡《な》き者にしようとするにしては物足りないぞ。そこの虚弱な護衛と、そして戦闘力のない貴殿ではな」

アーケンの『現世《うつしよ》』は人間のコピーを作り出すだけ。情報工作において強力な搦《から》め手《て》となる一方で、戦闘能力は無きに等しい。

対して自分《カサンドラ》の星霊術は、戦闘特化。

この傷を考慮しても自分《カサンドラ》の勝利は揺るがない。

「あいにく女王陛下」

真紅のスーツの紳士が、ふっと口元を和らげた。

憐《あわ》れむかのような憫笑《びんしょう》で。

「この私も分身だ。本物の私はアリバイのため舞踏会場にいなくてはならないからね」

「……なにっ」

「フランソワーズ一人で事足りる」

そして消えていく。

たった一つの命令を残して――

「八分で片付けろフランソワーズ」

「……は、はい！」

銀髪の少女が深々と頭を下げる。

まるで教師から「部屋を掃除しておけ」と言われた生徒のよう。裏を返せばその程度のことであると――

「度しがたいな太陽《ヒュドラ》よ」

女王カサンドラは、自分が見下されたとは思わなかった。

「私が同じ手に二度嵌《は》まるとでも？」

間違いなくこれも罠《わな》だ。

あの聡明《そうめい》なアーケンが、女王抹殺をこんな脆弱《ぜいじゃく》な部下一人に任せるわけがない。フランソワーズ単体と見せかけて本命の刺客が潜んでいる。

「……あ、あの……恐れながら本当に私一人でして……」

「御託はいい。既にこの部屋のどこかに潜んでいるのだろう。それとも私が手っ取り早く炙《あぶ》り出《だ》し──」

嬌笑《きょうしょう》が、女王の言葉を遮った。

ネジが抜け落ちたかのような、常軌を逸した嬌笑が。

──悪星変異『被検体F』。

フランソワーズの全身が燃え上がった。

菫色《ヴァイオレット》の炎が少女の全身を包みこみ、身につけた衣服を炭化させていく。

何が起きた？

あまりにも突然すぎる人体発火。これも星霊術か？　しかし、蛍光色のように鮮やかな菫色《ヴァイオレット》の炎はいったい──

「なっっっ⁉」

女王の声が裏返った。

天井まで燃えあがる炎柱の奥に、信じがたきものを見たからだ。

──少女が変異していく。

黒髪がみるみる逆立ち、水晶のような透きとおる結晶状に凝固を始めたのだ。

さらに全身の肉体が無色透明へ。海月《クラゲ》のごとく、肉体の向こうに広間の壁が透けて見えるではないか。

骨も内臓もない肉体へ。

人間ではない。

生まれたのは、明らかに人間という範疇《はんちゅう》の外にいる怪物だった。

「……ご、ご無礼をいたします女王陛下！」

炎のなかで、怪物がお辞儀しながら嗤《わら》った。

「我が国の最高権力者たるあなた様を思うさま蹂躙《じゅうりん》するなんて、あまりに恐れ多くて……ふふ、ついつい笑みがこぼれてしまいます。いったいどんな声で泣くのでしょう」

「……化け物が」

これは幻覚か？

女王がまず疑ったのが、自分が幻術に嵌まっている可能性だ。

人間がこんな怪物になるはずがない。フランソワーズの星霊術が『影』ではなく、実は催眠術系の星霊術であると疑うべきだ。

「失礼します女王陛下」

ぷちんっ。

何かが千切れるような破裂音。それが足下から聞こえた瞬間、女王カサンドラ自身の影から生まれた錐《きり》が背中めがけて突き刺さった。

「ぐっ⁉」

全身を捻《ひね》ることで串刺しを避《よ》ける。

影から生みだした鎗《やり》。

フランソワーズが『影』の星霊使いであると咄嗟《とっさ》に思いだしていなければ、自身の影に射貫《いぬ》かれていたに違いない。

「……この影……お前の星霊術か」

幻覚ではなかった。

フランソワーズは影の星霊使い。だとすれば目の前にいる怪物は――

「貴様、誰だ」

「え？」

菫色《ヴァイオレット》の炎から、怪物がぴょこんと飛びだした。

「私です、フランソワーズです。見て下さい陛下。弱小星霊使いだった私が、こんなにも強大に。私は魔女に成ったのです!」

魔女——

その言葉には二つの意味がある。

一つ目が、帝国が星霊使いに用いる蔑称。

二つ目が、皇庁で大罪人に用いられる蔑称。

どちらも違う。

フランソワーズが自称した「魔女」は、よりおぞましく禍々《まがまが》しい怪物を意味するものだ。

直感的にそう感じる。

「……正体不明だな。率直に」

敵は未知。

そしてこちらは不意打ちによって脇腹と背中を負傷したが……それがどうした。

「私を誰だと思っている!」

女王カサンドラの首元で、鮮血のごとく赤い星紋が煌《きら》めいた。

——業火《ごうか》の星霊。

全力で放てば雲を焼き、天をも焦がす。

当代最強の炎の星霊使い。それがカサンドラ・ゾア・ネビュリス7世だ。

「未知の敵？　未知の戦術？　そんなものは帝国軍との戦いで慣れている！　熱波よ、薙《な》ぎ払《はら》え！」

女王の咆吼《ほうこう》。

その右手が薙いだ宙に紅蓮《ぐれん》の線が走り、一瞬の後、爆発的な熱波が大広間に吹き荒れた。

熱波が床を薙ぎ、転がっていた短刀をたやすく蒸発させる。

その炎の波がフランソワーズに迫り——

「……ひ、ひあっ！」

ぽちゃん。

宝石のような肉体の怪物が、悲鳴を上げながら自身の影に潜って消えた。鉄をも溶かす熱波に直撃する寸前に。

「ああ、やはりなんて猛々《たけだけ》しさ！」

感極まった声が響きわたる。

フランソワーズ本人は影に潜ったきり、どこにも姿がない。

「その激しき炎で我が国を守り続けてきた偉大な女王陛下。けれど悲しいかな。あなたの星霊術はあまりに有名すぎるのです！」

「だから私は避けられた。予言しましょう。初動に長《た》けた炎の星霊、その初撃で私を仕留められなかったことがあなたにとっての不幸になる」

「…………」

「避けたな」

「え？」

「私の炎を避けた。つまり避けなくてはいけないわけだ」

魔女の憫笑を前にして。

ネビュリス7世は、女王らしからぬ不敵な冷笑で応えてみせた。

「その醜悪な姿こそ不気味だが、過剰に恐れる必要もないらしい。私の炎で炙ってやれば、それで終《しま》いだ」

「……ふふ」

広間にこだまする少女の憫笑。

「当たればですけどね！」

ボッ、と女王の足下で影が爆《は》ぜた。

影を介して床に潜りこんだフランソワーズが、女王の影から浮かび上がったのだ。

「さよなら王――…………あれ？」

フランソワーズの出現先は、女王の影。

それも女王の背後のはずだった。だが影から飛びだして見れば、女王がこちらを向いて待ち構えているではないか。

「……なんで……私がここに転移すると？……」

「影の星霊術は、人間の影にしか転移できない。知らぬと思ったか？」

天井に煌々《こうこう》と灯《とも》るシャンデリア。

この広間の光源はこれ一つきり。そして女王の影は、直前まで女王の背後に伸びていた。つまり女王の後ろに転移できたはずなのだ。

ただし――

光源は作り出せる。

「私が何の星霊使いだかも忘れたか？」

女王の背後に灯る炎。

シャンデリアより強い炎を後方から照らすことで、女王の影は正面側に落ちる。あとは、目の前の影からフランソワーズが飛びだしてくるのを待てば良い。

「先ほど、自分を魔女と言っていたようだが」

女王の手に炎が灯る。

「やはり弱小だ」

「────────ッッッッ!」

豪火絢爛《ごうかけんらん》。

戦車さえも溶かしきる炎の結界に閉ざされ、怪物が悲鳴を上げた。

時同じくして。

この女王の間の異変に気づいた者が、いた。

═══

オン・ヒュドラ・ネビュリス。

純血種の中でも希《まれ》な『門』の星霊を宿した少年は、言葉を失った。

──燃えさかる女王の間。

そこかしこで噴き上がる炎の柱。何重にも押し寄せる炎の波が視界を覆う壁となり、何千何万という火の粉が舞い上がっていたのだ。

燭台《しょくだい》が倒れた程度の火ではない。

これは女王の星霊術だ。

「……何があった⁉」

半時間ほど前には異常などなかった。

この短期間に、いったい何が起きたというのだ。

「陛下！　ご無事ですか……っく！」

喉が嗄《か》れるほどに全力で叫ぶ。

だが炎の燃えさかる勢いに声が消される。凄《すさ》まじい熱波のせいで、息を吸うだけで肺が焼けて激しく咳《せ》きこむ。

「オンか！」

燃えさかる炎の壁の向こう――

女王カサンドラの力強い声に、少年オンは思わず安堵《あんど》した。

「はい！　陛下これは何が⁉」

戦闘状態であることは間違いない。炎の向こうで女王と「誰か」が戦っている。

そして――

この状況で、オンの心当たりは一人だけだった。

「サ、サリンジャーか！　陛下、今すぐ応援を！」

「オン！」

女王の絶叫。

「犯人は――――…………」

そして途絶える。

吼《ほ》えたける炎の轟音《ごうおん》に掻《か》き消《け》され、言葉の続きがオンに届くことはなかった。それきり、どれほど耳を澄ませても女王の声は聞こえない。

戦闘に集中している？

魔人サリンジャーがそれだけの強敵だということなら、やはり加勢が必要だろう。幸い、舞踏会場にはまだ精鋭が残っている。

が――

オンには一つ腑《ふ》に落ちない。

「……なぜわかった？」

状況を鑑《かんが》みるなら、サリンジャーの襲撃と考えるべき。

だがサリンジャーが襲撃してくるならば舞踏会場のはずなのだ。太陽《ヒュドラ》の当主アーケンが作った女王の分身がそこにいる。

本物が女王の間に隠れていると、どうやって見破ったのだ。

「…………」

何かが引っかかる。

だが少年に、熟慮のための猶予はなかった。自分の使命は今すぐ加勢を連れてくること。

迷っている時間はない。

3

炎に呑《の》まれた女王の間。

その中で一際《ひときわ》強く光を放っているのが結界「豪火絢爛」だ。

女王カサンドラの切り札の一つ。超高熱の炎を押し固めた極小の結界は、重戦車さえも二十秒で融解させる。

「……七十秒だ……」

肩を激しく上下させる。

荒らげた吐息。額から滴《したた》り落《お》ちる汗を拭うことも忘れて、女王カサンドラは赤き結界を凝視し続けていた。

「この超高熱にこれだけの時間晒《さら》され、生きていられる生物は存在しない」

豪火絢爛の光が膨れあがっていく。

ヒト一人分を閉じこめる大きさだった炎の球体が、みるみる膨張し――

「消えろ怪物」

破裂した。

膨らみすぎた風船が破裂するかのごとく、幾千もの火の粉を撒《ま》き散《ち》らして霧散。

「太陽《ヒュドラ》めが、よくもこんなバケモノを飼い慣ら――」

「ふふ、ふふふふ……」

ゾワッ。

ネジが外れたような見境ない笑い声に、女王は背筋が凍りついた。

「……まさか⁉」

「ごめんなさい女王陛下っ！」

炎の壁から全身結晶の怪物が飛びだした。

火傷《やけど》一つないフランソワーズ。生き残る術《すべ》などあるはずがない。絶対の確信をたやすく砕かれた衝撃で、女王は反応が一秒遅れた。

「私、無敵なのです」

首を摑《つか》まれる。

人間離れした怪力に鷲《わし》づかみにされ、首があらぬ方へとねじ曲がっていく。

なりふり構う余裕はない。周囲を木っ端微塵《こっぱみじん》に燃やし尽くすことさえ躊躇《ちゅうちょ》なく、女王が最強の星霊術を放とうとして。

……ちくりっ。

首に何かが刺さったのを、女王の肌は感じとった。

動こうにも首を摑まれているせいで動けない。眼球だけを必死に動かす女王の視界に映ったものは――

「……なんだ……その注射器は？」

首に押し当てられていたのは、ガラスの注射器。

紫色の溶液が、フランソワーズによって首の血管から全身に注ぎこまれていく。それが何なのか理解する間もなく、女王の全身が震え始めた。

何だ？

自分は何を注入された？

何だこの寒気は、痛みは、痙攣《けいれん》は、怖気《おぞけ》は。

「……あ……あ……ああああっっっ！」

「仲間作りです。女王陛下もぜひ私と同類に……あら？」

「～～～～～～っっ！」

絶叫。

血しぶきを噴水のごとく噴きだして、女王は、硬い床に倒れていった。

「……ああ、ごめんなさい女王陛下！」

女王に駆け寄る魔女。

ごめんなさいと口にしながらも、その目は極上の愉悦に歪《ゆが》んでいた。

「私としたことが……強い星霊の持ち主ほど拒絶反応が大きいのですが、陛下ならきっと耐えられると思ったのです。残念です女王陛下……陛下？　あら、もう意識がありませんか？　ああ、陛下……なんて可愛《かわい》いお姿でしょう！」

女王カサンドラの意識はない。

うつ伏せに倒れ、小刻みに痙攣を繰り返すだけ。大広間を埋めつくしていた炎と熱波も、女王が倒れると同時に消え去った。

「……ああ感動で卒倒してしまいそう。あの女王を、この私が……！」

女王が倒れた大広間。

そこに魔女の嬌笑《きょうしょう》だけが延々とこだまする。

「女王より強い。つまりは私こそがこの皇庁で一番――」

「舞台に上がるのは初めてか？」

陶酔しきった魔女は気づかなかった。

高揚に浸っている間に、女王の間に入ってきた者がいたことを。

「滑稽だな、化け物よ」

大広間に靴音が響く。

コートを肩に引っかけた美丈夫が、登壇のごとき堂々とした歩調で歩を進めていく。

「舞台に立つだけで喜びに浸り、自己陶酔か。しょせんバケモノはバケモノ。端役《はやく》に過ぎぬというわけだ」

血を吐いて倒れた女王と。

ヒトならざる魔女を、交互に見つめて——

「退《ど》け。貴様に主役は不似合いだ」

サリンジャーは、血濡《ぬ》れた大広間に声を響かせた。

4

思えば。

ネビュリス王宮の敷地《しきち》内が無兵同然であった時から、サリンジャーにとってこの惨劇は驚くに値しない筋書き《シナリオ》だった。

……俺を城に招きたいのであろう？

それゆえに、あえて城内の警備兵を間引いたか。

夜会に乗じ、女王と女王候補を消し去る計画。

その代罪人《スケープゴート》として舞台に引き上げられたのが自分《サリンジャー》ならば、その自分《サリンジャー》が城に侵入できるようあえて警備に穴を用意しておく。

ならば堂々と。

こちらは威風堂々と乗りこんでやろう。

一時間前――

サリンジャーは闇に紛れ、王宮の中庭から女王宮を見上げていた。

「俺が舞台に上がる。太陽《ヒュドラ》よ、貴様らの稚拙な筋書き《シナリオ》、書きかえてやろう」

話はいたって簡潔だ。

女王とミラが狙われる場面、そこに介入して太陽《ヒュドラ》を妨害するだけでいい。

……二人が同時に狙われるとは考えにくい。

……女王とミラを同時に相手取るなど、太陽《ヒュドラ》の総力を集めようと容易《たやす》くないからな。

優先順位があるはずなのだ。

最大の標的が現女王7世であることは疑いなく、女王候補のミラは「次」だろう。

まずは女王を消し去って――

その混乱に乗じて、時間差でミラを狙うと想定できる。

「……ならば女王か」

女王の命運自体には興味もないが、太陽《ヒュドラ》が女王を襲ったタイミングでその首根っこを締め上げるのが、結果としてミラを救うことにも繋《つな》がるだろう。

では、女王はどこで狙われる？

惨劇の舞台は、おそらく舞踏会場ではない。

……女王の襲撃犯を俺にでっち上げたいなら、真犯人は決して姿を見られてはならない。

……太陽《ヒュドラ》は、女王をどこかで孤立させるはずだ。

その上で。

女王を孤立させるなら、その自然な誘導先が三つある。
一、女王の私室。

二、女王の間。
三、女王だけが知り得る秘密の隠れ部屋。
このうち「三」は無い。

女王が暗殺される場所は、一般人《サリンジャー》が知っている場所でなければならないからだ。

……女王の私室か、女王の間か。

どちらもあり得るが、女王の間がより可能性として濃いか？

女王の間は一般人の来訪も多い。

そこにサリンジャーが紛れ、女王の間にいた女王を襲ったという筋書きは信憑性《しんぴょうせい》がある。

ゆえに現在――

「予想の範疇《はんちゅう》というところか」

サリンジャーは、悠々と女王の間に到達していた。

注目すべきは警備兵が見当たらないこと。女王の間の警備が無人であることで、惨劇の舞台はここだと確信していた。

「王家を舞踏会場に集めることで、警備の大半もそこに集まる。いや、集めたのであろう？　ここを無人とするために」

女王の間に踏みこむ。

焼けただれた天井と壁。床に敷いてあった絨毯《じゅうたん》は黒く炭化している。

そして血に染まった女王。

起き上がる気配もなく痙攣を繰り返している。星霊使いの頂点がこうも無残な姿でいることに、本来ならば衝撃を覚えていただろうが。

……ミラはどこだ？

……別場所で奇襲を受けている可能性もまだあるが、ここにはいない。

安堵《あんど》の気持ちさえある。

倒れているのが女王だけで良かったと。ならば十分に間に合った。

「さてバケモノ。貴様は何だ？」

「……わ、私は……」

怪物がビクンと肩を震わせる。

今まさに女王を血に染めたはずの張本人とは思えぬほど臆病的な、怯《おび》える子猫のような反応で。

「私は魔女です」

「魔女だと？」

「サリンジャー……本当に来たんですね。来ない方の筋書きで進めるつもりだったけど、ごめんなさい！」

魔女と名乗った怪物が、慌ててお辞儀してみせた。

「今から私、あ、あなたを傷つけないといけないんです。女王と一緒にここで倒れてもらわないと……だからごめんなさい……」

「それで演技のつもりか」

「え？」

「貴様の本性は、殺人鬼だ」

臆病な怪物へ――

否《いな》。そう演じる残虐な怪物へ、サリンジャーは指を突きつけた。

「他者をいたぶり愉悦に浸る。他人を傷つけずにはいられない。その邪《よこしま》な歪んだ欲情を、他人に隠すことに優越感を抱いているのであろう？」

「…………」

「正直なところ、俺は貴様のような化け物になど興味がない。太陽《ヒュドラ》が何を企《たくら》んでいるかも、どうでもいい」

魔女が眉根を寄せる。

わかるまい。ならば何故《なぜ》、自分《サリンジャー》がここに現れたのかを。

誰が言うものか。

悲劇の運命にあるヒロインを救うために、この血塗《ちまみ》れの舞台に上がってきたのだと。

「あいにく物語は書き換わる」

靴音を響かせて。

サリンジャーが女王の間を進んでいく。

「この夜は何も起きなかった。女王を襲った醜い怪物はその場で退治されたとな」

「……ぷっ！」

怪物が噴きだした。

もはや辛抱できないと言わんばかりに大げさに。

「きゃ、きゃははははっっっ！　わ、笑わさないでください人間ごときが。あなたそれ、自分が主人公だと錯覚してるんですか⁉」

「その通りだ」

「……は？」

「一度きりだ。一度きり、この俺が他人の舞台に上がってやると言っている。ゆえに──」

両手を広げる。

この血塗られた舞台に、度しがたく陳腐な筋書き《シナリオ》に。

せめて本物の主役を見せてやろう。

「拍手と喝采で出迎えよ」

5

夜25時30分。

25時に閉幕した舞踏会場に、今も残っている者はミラを含めてもごく僅かだった。

賓客《ゲスト》は宿泊用の部屋へ。

星《ルゥ》、月《ゾア》、太陽《ヒュドラ》の三王家と護衛たちもそこに続く。そんな彼らの表情には、どこか心残りを感じさせる落胆が覗《のぞ》いていた。

サリンジャーは現れなかった、と。

「……良かった」

「お嬢」

「っ！　な、何ですかシュヴァルツ？」

上の空でいたことがバレたのだろうか。

従者シュヴァルツが、不思議そうにこちらを覗きこんでいた。

「だいぶお疲れに見えます。賓客《ゲスト》もお帰りになりましたので、お嬢も部屋に戻って休まれては？」

「……そうします」

舞踏会に付き合わされて疲労困憊《ひろうこんぱい》だ。

着慣れないドレス。靴。アクセサリ。それに化粧……他国の賓客との挨拶まわりに付き合わされ、気疲れしているのは事実である。

……こんなの絶対に参加したくなかった。

……サリンジャーが来るかもしれないって、その不安さえなかったら欠席していた。

取り越し苦労だ。

こんな真夜中まで大ホールで待機した結果、何事も起きなかったのだから。

「帰りましょうシュヴァルツ。もう寝ま――」

「敵襲！　女王の間だ！」

張りつめた声が、舞踏会場にこだました。

ホールに残っていた者は少ない。会場の設備撤去を行っていた従者たち、会場の出口で見送り役を務める王族二人と護衛たち。

その全員が——

ホールに転移してきた少年へ、一斉に振り向いた。

「女王の間が燃えている！」

月《ソア》の純血種オン。

彼の顔は黒い煤《すす》に染まり、子供用の燕尾服《えんびふく》も裾が焼け焦げている。この有様《ありさま》だけでも、凄《すさ》まじい炎上である証《あかし》として十分だろう。

「女王が戦闘中だ。何者かが女王の間にいる！」

「サリンジャーか！」

ざわりっ。

太陽《ヒュドラ》の当主アーケンが発した言葉に、舞踏会場がざわめいた。

「奴《やつ》が現れたんだな。そうだねオン君！」

「…………………いいえ」

長き沈黙。

一刻を争う状況においては不自然なほど長い沈黙と思考を経て、月《ゾア》の若き当主候補は、首を横に振ってみせた。

「私は犯人の正体を見ていません。そもそも犯人の特定など女王を救出すれば事足りる。断定を急ぐ必要はない。それよりも──……っ？」

オンの声が止まった。

無風であるはずの舞踏会場に、突如として竜巻じみた突風が吹き荒れだしたのだ。それも会場内の人間にまとわりつくように。

「……風……これは君かミラベア！」

「私一人で十分です」

乾いた少女の声。

「私が女王の加勢に向かう。誰もこの会場から動かないでください。といっても動けないと思いますが」

「……どういうことだ？」

「邪魔だからです」

金髪の王女が、自らのスカートを大胆に跳ね上げる。

その太股《ふともも》に巻き付けたベルトから、二振りの短刀を引き抜いて。

「女王陛下の加勢は、私一人がいれば事足ります。あとはこの場で待機してください」

「……だが」

「うっかり、斬りますよ」

それ以上の問答はなかった。

史上最強の女王候補とも目された戦闘人形が本気である以上、そこに異論を挟む者など存在しない。いや——

一人いる。

その一人に思い当たりがあるからこそ、戦闘人形と呼ばれた少女は焦《あせ》っているのだ。

「シュヴァルツ、ついてきて下さい」

「は、はいお嬢！」

「あなたは通信役です。私に来た連絡すべて、私から送る連絡すべてを任せます」

返事は待たない。

返事を待つ余裕など、ミラには残されていなかった。

……私は来ないでと言った。

……どうかサリンジャー。女王の間にいるのが、あなたではありませんように。

奥歯を噛《か》みしめる。

いつからだろう。彼を失いたくないと願う自分がいる。

まだ一緒にいたいから——

顔をくしゃくしゃにして廊下を走る少女に、もはや戦闘人形の面影は存在しなかった。

6

焼けただれた女王の間。

血染めの床に伏せた女王の前で——

魔人と呼ばれた人間《サリンジャー》と、自らを魔女と呼ぶ怪物《フランソワーズ》が向かい合う。

「ふ、ふふ……ふふふ……」

囁《ささや》くような魔女の微笑《ほほえ》み。

ポコ、ポコ、と。

その足下で、魔女の影が沸騰するように泡立っていく。

「私が殺人鬼？　ひどいです……他人を傷つけて愉悦に浸るだなんて…………まさか……

そんなの…………そのとおりです！」

影が破裂した。

魔女の影が黒い飛沫《しぶき》をあげて破裂し、そこから黒い錐《きり》のような三角錐《さんかくすい》が噴出された。

「風よ」

サリンジャーも星霊術を発動。

大広間に吹きこむ風がよじれて凝縮。サリンジャーを守る盾となる。影の錐と風の盾が衝突し――パンッと音を立てて、消し飛んだのは盾の方だった。

「ちっ！」

弾《はじ》かれたように身を捻《ひね》る。

そんなサリンジャーの頬を掠《かす》めて、影でできた錐が背後の壁に突き刺さった。

押し負けた。

「口は立派だけど可愛《かわい》い星霊術。しょせん半分ですね」

サリンジャーの術は水鏡で奪ったもの。

それも元来の星霊術の半分きり。個の威力で劣るのは必定だろう。

「もっともっと力の差を教えてあげます。あなたの顔、どんなに醜く歪《ゆが》むでしょう？」

「返そうか」

そう応じるサリンジャーは、魔女を見てさえいなかった。

ピシッ。

愉悦に浸る魔女の背後で、天井を支える石柱が根元からへし折れた。

何トンという重量。

それが狙ったかのように、魔女の頭上へと倒れていく。

「可愛いのは貴様の脳天気さだったな」

「っ⁉　まさか」

「当然狙ってやったとも」

波動の星霊術。

見えざる力という意味では「風」と似ているが、風が風そのもので攻撃するのに対し、波動はこの力を介した物体操作こそが真骨頂。

「潰れろ怪物」

崩壊した石柱が、猛烈な轟音《ごうおん》とともに魔女を押しつぶした。

城を揺るがす地鳴り。

女王の間が、たちまち猛烈な砂埃《すなぼこり》に埋めつくされる。

「ごめんなさい」

「何っ！」

砂煙から伸びてきた手に、サリンジャーは首を摑《つか》まれた。

卵一つ握りつぶせないような華奢《きゃしゃ》な細腕ながら、ヒトならざる怪物が、腕一本でサリンジャーの全身を軽々と持ち上げていく。

「驚かせちゃいましたか？　私、無敵なんです。こんな石に押しつぶされたくらいじゃ」

「この下郎が！」

首の骨ごと握りつぶされる。

そう察した瞬間、サリンジャーは怪物の腕を摑み返していた。時間がない。最速で発動する星霊術は――

「雷光よ！」

サリンジャーの腕が光り輝いた。

バチッと唸《うな》る雷撃が、サリンジャーの首を摑んでいた手を介して魔女の全身へと雪崩れ込む。

「――キはッッ⁉」

奇怪な悲鳴を上げて吹き飛ぶ魔女。

その勢いで床に倒れるが、サリンジャーが一呼吸する間もなく、全身結晶の怪物が傷一つなく起き上がってみせた。

「本当に可愛らしい星霊術ですね。あ、ごめんなさい。また傷つけちゃいました？」

「ちっ」

無敵の自称もどうやら誇張ではないらしい。

何トンという重量の石柱で押しつぶしても、超接近戦で雷の星霊術を浴びせても効いた素振りがない。

……女王が敗れた理由が謎ではあったが。

……何もかもが人間の常識で測れない。見た目どおりの怪物か。

いや。

そう思わせているだけだ。少なくとも届いてはいる。

「確かに怪物だ。木偶《でく》だがな」

肩についた砂埃を手で払う。

「物理的な衝撃には極めて強い。だが星霊術が効いていないわけではないらしい。貴様の左肩、ひび割れているぞ」

魔女の身体《からだ》に、わずかな亀裂が走っているのだ。

石柱に潰された時ではない。接近戦で雷を浴びせた時に、微かな音を立ててひび割れたのをサリンジャーは確かに見た。

が。

「……ごめんなさい」

そう謝る魔女はますます意地悪げに唇を吊《つ》り上《あ》げて。

「これ、あなたの傷じゃないんです。女王陛下の炎で炙《あぶ》られた時の古傷ですよ。ほとんど直りかけていたのが、あなたの雷でちょっと開いただけ」

「────」

「期待させちゃってごめんなさい。これはお詫《わ》びです」

魔女の影が破裂した。

黒い飛沫を撒《ま》き散《ち》らし、巨大な黒い錐が射出される。だがこれはサリンジャーも見ている星霊術だ。

……桁違いの膂力《りょりょく》と耐久力。

……それと比べるなら、攻撃は単調かつ鈍い。

躱《かわ》せる。

余裕をもって横に跳躍できる。脳で理解したまま最適行動に移ろうとした矢先、サリンジャーは見てしまった。

──倒れたままの女王。

──自分がこのまま躱せば、影の錐がその無防備な肉体を貫くだろう。

感傷一つない相手。

むしろいずれは挑戦してやると決していた女王を──

「どけっ！」

その裾を摑み、サリンジャーは力ずくで壁際《かべぎわ》へと投げ飛ばした。

錐の射程外へ。

と同時に、鎗《やり》で薙《な》ぎ払《はら》われたような激痛が背を駆けぬけた。

「……ぐっ」

「す、素敵です！」

歓声が上がる。

背から鮮血を噴きだすサリンジャーに、魔女は目を輝かせていた。

「私、勘違いしてました！　魔人サリンジャーさんは主役を気取る悪ではなく、皇庁を守らんとする正義の英雄気取りだったのですね！」

「女王《コイツ》は証人だ」

意識をもっていかれそうな激痛のなか、それでも表情一つ変えはしない。

「貴様というバケモノを証言してもらう。それだけだ」

「目覚めないですってば」

魔女のクスクス笑い。

「女王陛下に注入したのは星霊よりも強い力。それに耐えきれなかった者は、もう永遠に夢の中から戻れない」

「……？」

女王が目覚めないという宣言よりも。

サリンジャーの意識に引っかかったのは、その前段だ。星霊より強い力など、この星に存在しない。

いや、あるいは。

「貴様が変貌したのはその力か？」

「あなたにそれを知る資格がない。どうせ女王もろともここで――」

「『轟歌《ごうか》』、叫び裂け」

魔女の言葉が消し飛んだ。

轟歌――音の星霊に分類されるが、この星霊術はむしろ風に近い。不可視の音の波が、魔女を抵抗も許さず押し流す。

「ぐっ⁉」

大広間の隅に叩《たた》きつけられる怪物。

ミシリと壁に亀裂が走るほどの衝撃だが、これで仕留められないのはサリンジャーとて百も承知。

「無駄ですってば。わ、私はこんな──」

「地爆の星霊」

「っ⁉」

魔女が目を見開いた。壁に磔《はりつけ》にされた自分の足下の床がドロリと溶けて、超高熱の熱波が噴き上がりつつあるのだ。

地底から呼び起こされた溶岩《マグマ》が。

「噴き上がれ、そなたの怒りで大地を焦がせ！」

サリンジャーの最強の手札。

この星が生成した自然の溶岩《マグマ》を召喚し、天を衝《つ》くまで噴き上げる。

──紅蓮《ぐれん》の閃光《せんこう》。

噴き上がる溶岩《マグマ》が、魔女の全身を呑《の》みこんだ。

溶岩《マグマ》の飛沫《しぶき》が壁を溶かし、天井さえも吹き飛ばしていく。

「…………愚鈍が……」

終わった。

大きく息を吐き出して、サリンジャーは額に滴《したた》る汗をぬぐい取った。全身の疲労感と、意識が飛びそうになる背中の激痛。

すぐにでもこの場で倒れて休みたいが、あいにくここは敵地だ。

……護衛たちも今の轟音で気づくはず。

……いつ女王の間にやってきてもおかしくない。廊下を抜けだす時間はないな。

どのみちこの負傷では走れない。

二階の窓ガラスを割って、そこから城の外に飛びだすか。

「行かせません」

鮮やかな菫色《ヴァイオレット》の炎が、サリンジャーの全方位を覆い尽くした。

女王の間の扉を塞ぎ──

二階にある窓ガラスをも塞いで──

菫色《ヴァイオレット》の炎が、女王の間を外部と切り離す結界として燃え上がる。

「何っ⁉」

「────ごめんなさい」

その声が誰のものか理解する間もなく、右太股《ふともも》に走った激痛がサリンジャーを床に跪《ひざまず》かせた。

黒い錐《きり》に、太股を射貫《いぬ》かれたのだ。

「……貴様っ」

「ああいい表情。私、そういう表情が大好きです」

蕩《とろ》けるような目で見つめる魔女。

全身が大きくひび割れていながらも、その肉体には痛みさえ存在しないらしい。

「間もなく月《ゾア》と星《ルゥ》がやってくる。今晩のうちにまとめて片付けたかったけれど、今宵《こよい》はもう私、幸せで幸せで満ち足りてしまいそう」

魔女がうっとりと微笑《ほほえ》んだ。

その合間にも、ひび割れが修復されて癒えていく。

「ただの俗物かと思いきや、まさか魔人サリンジャーがこんなにも上等だったなんて……私、とても興奮しています！」

そして一歩、また一歩と近づいてくる。

足を貫かれて起き上がれない自分《サリンジャー》へ、罠《わな》にかかった獲物を舐《ねぶ》るまなざしで。

「ああ、どうか最後まで悪あがきをして下さいませ。私に勝てるかもしれない。私に傷を負わせられるかもしれないと、どうか希望を捨てないで！」

「……俗物はどちらだかな」

奥歯を噛《か》みしめる。

鉄の意志で表情こそ保っても、貫かれた右太股にはほとんど力が入らない。背中の傷も、塞がないまま血が滴り落《お》ちていく。

出血による目眩《めまい》。

どれだけの鋼の意志でもってしても、人間は血を失えば意識が霞《かす》む。そして状況は、客観的には詰みに等しい。

——地爆の星霊さえ無傷同然。

天敵なのだ。

魔女フランソワーズの無敵に等しい耐久力。ネビュリス女王でさえ仕留めきれなかった怪物に、自分《サリンジャー》の「半分の威力の星霊術」は相性が悪すぎる。

「それとも、今のがあなたの最大の術でしたか？」

声に混じっていく冷たい殺意。

「残念です。ならばお終《しま》いのようですね」

魔女フランソワーズが両手を広げた。

足下に伸びた影が膨らみ、何十本という黒い錐が浮上してくる。対し自分《サリンジャー》の星霊術は、これらの一本を相殺《そうさい》することも敵《かな》わなかった。

「……ちっ。ほざくなよ端役《はやく》が！」

どうする。どう対抗すればいい？

出血で目が霞み、背中と足の激痛で集中力が乱される。

……ふざけるな。

……この程度の傷で。こんな端役ごときに。

力尽きるわけにはいかない。

もしも生に幕を下ろす時があるならば、それは彼女との戦いの中でこそ——

魔女《フランソワーズ》が、宝石状の血を噴いてくずおれた。

「……何っ⁉」

千切れかけた意識で。

出血で目眩のする視界のなかで。

「っ。……もう時間？　当主様からも言付けられてたけど、夢中で遊ぶ八分が、こんなにも短いなんて……」

魔女フランソワーズがよろめきながら立ち上がる。

その足下には結晶でできた血しぶきの痕。

……苦しんでいるのか？

……あれほど無敵を誇っていた怪物が。

星霊術を立て続けに浴びた負傷が蓄積していたのか、あるいは別の理由か。

どちらであれ——

「はっ！　愉快ではないか！」

サリンジャーは、心の底から歓喜した。

今、筋書き《シナリオ》が書き換わった瞬間を確かに見た。

舞台の支配者は、誰か？

観客だ。運命という名の観客が、この陳腐なる筋書き《シナリオ》に非難《ブーイング》を突きつけて、すべてを覆《くつがえ》したのだ。主役は太陽《ヒュドラ》に非《あら》ず。

真の主役は——

「俺であったな」

いまだ激痛によって脂汗が滴り落ちるなか、歓喜が全身に満ちていく。

掴《つか》みかけてきた。

星の運命が選んだ主役が自分だとすれば、自分に似合わぬと思っていた水鏡の星霊にも意味があるだろう。

〝サリンジャー。自分の星霊が嫌いでしょう〟

思えば。

不躾《ぶしつけ》極まりない戦闘人形にそう突きつけられ、自分《サリンジャー》は言葉を返せなかった。

その通りだったからだ。

〝星霊術の収集に固執し、強い星霊術をばら撒《ま》けば強いと思っている。でもそれは、どれもあなたの星霊術ではない〟

そのとおりだ。

水鏡の星霊は、星霊の半分を写し取るだけ。自分の使う星霊術など他人からの借り物でしかない。王を超越すると息巻きながら、他者の力で威張るだけ。

その葛藤《ジレンマ》は覆しようがな――

本当に？

これが本当に自分も持てる力のすべてなのか？

………否《いや》。

そんな物語、誰が決めた。

俺が決めるのだ。

「俺は、俺の舞台に限界という言葉を用いはしない！」

両膝に力を込める。

貫かれた右足を、かろうじて動く左足で支えるように。荒らげた息を隠すこともできぬほどの満身創痍《そうい》ながら、サリンジャーは確かに立ち上がっていた。

「道化」

いまだ床に這《は》いつくばる魔女を、手招き。

立ち上がれと。

「どちらが主役であるか教示してやる」

「……ふ、ふふ。なんて可愛《かわい》い強がりなのですか。顔、真っ青ですよ」

魔女フランソワーズもまた立ち上がる。

殺戮《さつりく》の情念にまみれた笑みで。

「あなたが主役の舞台なんてありえないのです。ほら、私が傷ついたのは女王の星霊術。私が倒れたのも私自身の活動限界。あなたが何かしましたか？」

「――――」

「あなたの星霊術は借り物。星霊使いを襲って、その半分を奪うだけ」

「半分だからこそできることがある」

「……え？」

「貴様の言うとおりだ化け物。水鏡とは、星霊を二つに分割させる力がある」

自分には何十という星霊術がある。

半分に割れた欠片《かけら》たちが。

「割れた星霊術二つを繋《つな》ぎ、新たな一つの星霊術として創造する！」

個の星霊では決して到達できない高みへ昇る。

二つの星霊を掛け合わせ――

「俺は、あらゆる個の星霊を超越する。俺が登るのだ。あらゆる王族も始祖も為《な》しえたことのない舞台へ！」

「驕《おご》るな！」

魔女が吼《ほ》えた。

「過ぎた言葉です。凡庸な庶民でしかない盗人風情《ぬすっとふぜい》が！」

足下の影が伸びて両手にまとわりつき、みるみると拗《ねじ》くれた黒の爪へと変化していく。

十本の黒の爪が、短刀のごとく鋭く研がれ――。

「この舞台で果てることさえ、あなたには過ぎた名誉です」

床を蹴った。

魔女を名乗る怪物と、魔人と呼ばれた人間が同時に駆けた。

これは――

「私の舞台です！」

「俺の舞台だ」

両者が交叉《こうさ》する。

光と闇の星階唱《サンクトゥス》『おお王よ、そなたの無尽の光明は深淵《しんえん》をも従えるのか』。

「────」

「……嘘《うそ》……でしょう？」

サリンジャーの両手に顕現した二本の刃《やいば》。

光と闇の刃に斬り裂かれ、倒れたのは魔女フランソワーズだった。

「貴様に終演挨拶《カーテンコール》はまだ早い」

「……………ふふ………」

ピキッ、ピシリッと。

結晶の身体《からだ》がひび割れ、剝がれ落ち、床に落ちた破片が光へと還《かえ》っていく。そんな自らを見下ろす魔女は、ふしぎと満ち足りた表情だった。

「……私みたいな、弱い星霊使いも……この力があれば……舞台に上がれるかもって……思ったんだけどなぁ」

「────」

「同情しますよサリンジャー。あなたは……私と出会ってしまった。この世界の触れてはいけない深淵に触れてしまった」

そして光へ。

千々の欠片となった魔女は、光となって消えていった。

「……ぐっ」

静寂に塗りつぶされた女王の間。

ただ一人そこに立ち尽くし、サリンジャーは危うくその場で倒れかけた。

「肉体ごと消えるとは……最後まで手間をかけさせてくれる……」

霞《かす》む視界。

血を失って動かない右足を引きずって、ゆっくりと大広間の壁際《かべぎわ》へと歩いていく。

——倒れた女王。

小刻みに痙攣《けいれん》し、思いだしたように息をする。

真犯人が消失した以上、証言できるのはこの女王しかいないのだ。その魔女《フランソワーズ》は「永遠に目覚めない」と言っていたが……

「女王よ。貴様には意地でも目覚めてもらうぞ」

とはいえ自分には手の施しようがない。

せめて家臣に見つかりやすいよう、大広間の端から中央へと移してやろう。そのつもりで近づいて、手を伸ばす。

——その瞬間、自分《サリンジャー》は見落としていた。

——魔女《フランソワーズ》の消失で、女王の間を覆っていた菫色《ヴァイオレット》の炎もまた消えていたことに。

ミシッ。

女王の間の扉が吹き飛ぶや、誰かが飛びこんで来た。

「誰だ⁉」

声が、喉を突いて出た。

幽《かす》かな、もはや予感にも満たない幽かな「何か」に衝《つ》き動《うご》かされて振り返る。

その先に――

麗《うるわ》しき舞踏用ドレスをまとった王女が、立っていた。

「……サリンジャー」

「……ミラ？」

かつて見たことないほどに、荒々しく呼吸を繰り返して。

かつて見たことないほどに、悲愴《ひそう》に引《ひ》き攣《つ》った表情で。

王女が、目を見開いた。

血塗《ちまみ》れの床に倒れている女王７世。

そして自分《こちら》に振り向いて――

「………」

すぐに唇を噛《か》みしめた。

噛みしめた唇が徐々に震えはじめて、頬を引き攣らせ、肩を強《こわ》ばらせていく。

何かを言いかけて。

だが嗚咽《おえつ》を堪《こら》える仕草とともに、その言いかけた言葉を呑《の》みこんで。

手を握る。

けれど握った手が、力を失ってまた開いて。

そんなミラのすべてに――

サリンジャーは、舞台の幕切れを悟った。

「サリンジャ――――っっ！」

少女は、泣いていた。

頬を伝わり落ちていく涙のわけは激昂《げきこう》か、悲しみか、それとも痛みか。

「………」

顔を真っ赤にして叫ぶ王女を前にして。

サリンジャーは、ただ無言でその場に立ち尽くしていた。

……機械人形と思っていたが。

……そんな表情もするのだな。そんな声で泣くこともあるのだな。

舞踏用ドレス。

着飾った王女ミラは、泣きながらも美しかった。これがどんなに場違いな感情であると
わかっていても美しいと感じられた。

「あなたが……あなたが女王を襲ったのですか！」

そう映るだろう。

魔女は消え去った。この女王の間で、倒れた女王と自分の二人だけしかいない。ならば、
女王を襲ったのが自分に見えて当然だ。

——たとえ。

——心の内に何かを秘めていたとしても。

私情を挟む余地がどこにあろう？

己が見た現実《そのまま》で判断せねばならないのだ。彼女はこの国の王女なのだから。

「答えなさい！」

「…………」

釈明は可能だったかもしれない。

あるいは彼女もそれを望んでいたかもしれない。違うと言ってくれ。弁解してくれ、と。

泣き腫らした目が訴えてくる。だが——

それでいいのか。

躊躇《ためら》いが、サリンジャーの心中に語りかけた。

……もしも俺が「俺は違う」「見逃してくれ」と言ったとして。

……そんな弱い俺を、彼女に見せられるのか？

不器用な美学もある。

跪《ひざまず》いて命が惜しいと嘆願する姿を見せるくらいなら、この場で処刑された方がいい。

たとえ舞台が閉じたとしても——

助けたヒロインに命乞いする主役が、どこにいる？

主役を名乗ったからには。

最後まで主役として終わるのが務めだろう？

たとえ、好敵手《ライバル》という関係をここで断ち切ることになろうとも。

自分は女王を襲った大罪人。

ミラはその断罪者。

「サリンジャーッ！　なぜなのです！　なぜこんな真似《まね》をしたのです！」

王女が嗚咽を繰り返す。

後ろには従者シュヴァルツの姿もあるが、それにも気づかないほどに王女は自分しか見ていなかった。

「私はあなたを唯一の宿敵だと思っていた。敵であっても、一緒にいるのは楽しかった。もっと一緒にいたかった。なぜ穢《けが》したのですか！」

「…………」

そうか。

胸の内だけで、サリンジャーは深く頷《うなず》いていた。

俺は、一瞬だけでも、お前の宿敵になることができたのだな。

ああ、観客よ——

すべてを見届けた星よ、すべてを導いた数多《あまた》の星霊たちよ——

願わくは。

お前たちだけは拍手と喝采を送ってほしい。

俺は、一瞬だけでも彼女の宿敵となり、一度だけでも彼女を救うことができたのだ。

ゆえに自分は舞台を去ろう。

彼女の涙に思うところはあるが、それでも大団円《グッドエンド》と評するに事足りる。

ただし――

自分がしたのは今回の計画を潰すまで。

太陽《ヒュドラ》という邪悪は健在だ。しばらくは鳴りを潜めるだろうが、いずれまた動きだすに違いない。

……ミラよ、その時。

……お前の隣に、俺はいない。いてやれない。

自分たちは相容《あいい》れぬ存在だ。

この一瞬の交点だけで終わる関係。それさえも自分には出来すぎた出会いだった。

だから――

「ミラ」

ハッと少女が顔を上げる。

その瞳をじっと見返して、サリンジャーはこう続けた。

「お前は女王にそぐわない」

「っ！」

「お前は虚《うつ》けだ。冷酷になりきれない。魔女になりきれない」

お前は、機械人形などではなかった。

お前は、優しすぎるのだ。

俺のような犯罪者のために涙を流し、お前を裏切った俺にさえ「一緒にいたかった」と言葉をかける。

その甘さが隙となる。

……女王になり、信頼する家臣や部下たちに囲まれて。

……そして裏切られる。もっとも信頼する王家に。

だから。

だからお前は、女王になるな。

「……サリンジャー」

王女が一歩、前に踏みだした。

ぼろぼろに震える手で、ぎこちなく短剣を構えて。

「そんなことを言うためにここに来たのですか。そのためだけにこんな真似を……女王を襲ったのですか」

「――――」

「答えなさい！　答えないなら、私はこの場であなたを…………あなた……を……っ……」

その先は紡《つむ》げなかった。

かつて戦闘人形と呼ばれた王女は、今、目を真っ赤に腫らして顔をくしゃくしゃにして、唇を真っ青になるほどに強く噛みしめていた。

「私は、私は……」

力を失った手から、短刀の一本が滑り落ちる。

それを拾い上げることもできず。

王女ミラはたった一本の短刀を両手で握りしめ、それをまっすぐ構えて走りだした。

切っ先をこちらの胸元へ――

「……私は！　こんなドロドロの気持ちであなたと戦いたくはなかった！」

二人が交わる。

この夜、この世界で、もっとも激しい絶叫とともに。

サリンジャーは、第十三州オーレルガン監獄塔に捕らえられた。女王の星霊を奪おうと侵入した最悪の魔人として。

舞台の果てに——

その後——

ネビュリス7世は一命を取り留めたものの、魔女フランソワーズの言葉どおり、その後も証人として喋《しゃべ》れるまでには回復しなかった。

真実を知るのは自分《サリンジャー》一人。

そして自分《サリンジャー》は、獄中、どれだけの拷問を受けても真相を語らなかった。

……太陽《ヒュドラ》の陰謀を話すことで、追いつめられた奴《やつ》らが何をするかわからない。

……ミラの命がまた危うくなる。

無言こそがメッセージ。

俺が喋らないからヒュドラ家《おまえたち》も大人しくしていろ——サリンジャーと太陽《ヒュドラ》とで、暗黙の取引が成立した瞬間だった。

7

均衡と静寂の二十五年。

オーレルガン監獄塔で過ごすサリンジャーは、風の噂《うわさ》として耳にした。

太陽《ヒュドラ》の世代交代。

当主アーケンが謎の失踪を遂げて、新当主タリスマンが登場したことは皇庁中の話題になった。それが何を意味するか——

「……動いたか」

地下の獄中にて、サリンジャーだけが察していた。

再計画が整ったのだ。

太陽《ヒュドラ》が浮上する。あの時と同じく、あるいは魔女フランソワーズ以上の怪物を従えて。

「だがヒュドラよ。心しておけ」

再教育してやろう。

女王に牙を剝《む》く行為は、すなわち超越の魔人を敵に回すということだと。

＝＝＝

さらに五年の現在――

オーレルガン監獄塔に、招かれざる来客が現れた。

〝璃洒《りしゃ》・イン・エンパイアです。面談予約《アポイントメント》は必要でしたか？〟

帝国軍、天帝直下の使徒聖。

この地下暮らしに飽いていたサリンジャーにとっては、少なくとも看守よりは刺激的な相手と言えた。

「ここから逃してさし上げます。今すぐに」

「…………」

サリンジャーはその申し出を呑《の》んだ。

帝国軍の犬に成り果てる気はもちろん無い。帝国軍の力を借りてまで脱獄を選んだのは、五年前から太陽《ヒュドラ》の動きが目に付いたからだ。

——三十年前の真実を知る者が脱獄すれば。
——太陽《ヒュドラ》は大慌てで、その最優先標的を女王から自分に替えるだろう。
それでいい。
彼女に代わり、自分が狙われるならば願ってもない。
……ミラ、たとえ真実を語ることが永遠にできずとも。
……俺は、この暗き舞台に留《とど》まろう。

Chapter.6 『カーテンコールにはまだ早い。』

ネビュリス王宮。

朝陽《あさひ》が差しこむ女王の間は清澄《せいちょう》にして、神聖で、そして密《ひそ》やかだった。

あの時とは何もかもが違う。

――三十年前。

――泣いて叫んでいた王女ミラは、いま女王ミラベアとしてここに立っている。


「もうここまででいいでしょう」


どこか機械的な声で、女王は口にした。

「シスベル、もう『灯《ともしび》』を止めても大丈夫ですよ」

「……は、はい女王様《おかあさま》」

再現された三十年前の映像。

実のところ、女王《はは》から言われる前に灯の星霊術は解除されていた。

連続再現時間の限界に達したからだ。

だが十分だろう。

まったくの傍観者として過去を見届けたシスベルさえも、この三十年、女王《はは》が何を悩み、なぜ真実を知ることを恐れていたのか確かに伝わってきた。

悪名高き大罪人《サリンジャー》は、自ら汚名を被《かぶ》ることで女王《はは》を救おうとしていたのだ。

過去も。

さらに突き詰めるなら現在さえも。

「……あ、あの女王様《おかあさま》……」

「ご苦労でしたねシスベル」

娘《シスベル》の恐る恐るな口ぶりと対照的に、女王《はは》の声は落ちついていた。

娘《シスベル》が呆気《あっけ》に取《と》られるほど穏やかな声とまなざしで。

「帝国からようやく皇庁に戻ってきたばかりだというのに。大変なお願いをしてしまいました。部屋で休んでください」

「は、はい！　それでは失礼いたします！」

さっと一礼し、シスベルは扉に向かって小走りで駆けだした。

女王の間からそそくさと去っていく、娘《シスベル》。

聡《さと》い子だ。

灯にある過去を見て、どこか居心地の悪さを感じたに違いない。

その後ろ姿を見届けて。

「…………ああっ！」

ミラベア・ルゥ・ネビュリス８世は、膝からくずおれた。

冷たい床。

それは偶然にも、あの日、ネビュリス７世が倒れていた床のすぐそばだった。

「……私は……なんてことを…………！」

女王の間に、嗚咽《おえつ》にも似た吐息がこだまする。

口元を覆っても抑えきれない慟哭《どうこく》が。

「『なぜ穢《けが》したのですか』ですって？　何を、何を言っていたのですか私は……彼を信じることができず、関係を穢したのは私の方ではないですか！」

後悔？

違う。悔やんでなんかない。

許せないのだ。自分自身が。

……謝ることができたとしても。懺悔《ざんげ》することができたとしても。

……私の残る一生を懺悔に費やしても、私は私を許せない。

知りたくないほどのすれ違い。

けれど、どこかで予感があったのだ。何か恐ろしいすれ違いの予感が。

「…………………」

目が霞《かす》み、動悸《どうき》さえする。

いっそ意識を失って倒れることができるなら、どれだけ楽になれるだろう。

「…………でも」

歯を食いしばる。

乾ききった唇を歪《ゆが》ませて、女王ミラベアは膝にすべての力を注ぎこんだ。

「…………ここで倒れたら……それこそ私は、女王にさせてもらった意義を失う。だから倒れていられない！」

よろめきながらも立ち上がる。

「……サリンジャー」

返事はない。

女王の間には女王《じぶん》しか残っていないのだ。三十年前、王女《じぶん》を救ってくれた主役はいない。

……いないのではない。

……私が遠ざけてしまったのだから。

でも今ならわかる。

彼が残した言葉が、痛いほどに沁《し》みる。

「あなたの言うとおり私は女王にそぐわない。長女《イリーティア》を止められず、次女《アリス》に教わり、三女《シスベル》にもこんな醜態を見せてしまって……でも……！」

最後の務めが残っている。

女王として。

「禍根の元を絶ちきろうと思います。この星の最大の災厄を」

三十年前の首謀者は、太陽《ヒュドラ》だ。

その太陽《ヒュドラ》さえも、星の災厄に魅せられていたに過ぎないことを知った。

……禍根の根源を辿《たど》るなら。

……私もサリンジャーも、すべては災厄の犠牲者と言えるのでしょうか。

だから倒れてはいられない。

取りだした通信機。

小刻みにふるえる指先で、何度も手元を狂わせながら液晶画面を操作する。

「――アリス、私です」

『女王様《おかあさま》!?』

通信先は、はるか遠き敵国の地。

相手は、娘。

『少々お待ちください女王様《おかあさま》！　い、いま一人の場所へ――』

「構いません」

おそらく帝国兵や使徒聖が傍《そば》にいるのだろう。

それでいいのだ。

「アリス、このまま私の声を届けて下さい」

『……え？』

「女王ネビュリス８世は、天帝ユンメルンゲンと直接の話を望んでいます。代わってもらえますか？」

……上がりましょう。

……あの日、王女ミラが降りてしまった戦いの舞台へ。


全盛期はとうに過ぎた。

もはや「現在《いま》」のヒロインは自分ではない。それでもなお、自分は、最後の幕を下ろす一員でありたいのだ。

そう――

まだ自分の物語は終わっていない。

終演挨拶《カーテンコール》にはまだ早い。

Epilogue　『拍手と喝采で見届けよ。』

きらきらと、瞬《またた》くように輝いていた。
ネビュリス王宮。
太陽の沈んだ夜空という画板《キャンバス》で、月影よりも強く光る星の要塞。
その輝きを背に、サリンジャーは大通りを歩いていた。

「…………」

サリンジャーが進む繁華街、そこには号外の情報紙が宙に飛び交っていた。
今日の朝方だ。
女王自らの肉声で、皇庁中を揺るがす発表が行われた。
——太陽《ヒュドラ》の陰謀。
——当主タリスマンの失墜。

女王の間の爆発事件、第三王女シスベルの誘拐事件、その他数えきれぬ容疑について、三王家の一つ「太陽《ヒュドラ》」の罪が明るみになった。

「……今さらだがな」

サリンジャー自身にとっては瞬《まばた》き一つ分の価値もない。

そう。

太陽《ヒュドラ》の罪が明らかになろうとなるまいと、それで過去が変わることはない。

とはいえ――

三王家の時代はこれで終わるだろう。

三すくみで保たれていた均衡が崩れ、ネビュリス皇庁という「王家が支配する」体制も変わっていくだろう。

王家という絶対的強者の時代から、新しい時代へ。

「……星霊使いの国の終わりか」

どう変わるかはサリンジャーにもわからないし、予想する気もない。

それは自分の役目ではないからだ。

決するのは――

「お前だ、ミラ」

ここにいない彼女。

三十年前に道を違《たが》えた、生涯唯一の宿敵へ。

「ミラ、お前がネビュリス皇庁の最後の女王だ。最後の舞台に上がるというのなら」

俺は。

お前とは違う舞台から、見届けよう。


聖戦に至れなかった二人。

たとえ現在の世界《ぶたい》の主役でなかったとしても。

その再登壇《アンコール》を――

拍手と喝采で、見届けよ。

あとがき

〝その再登壇《アンコール》を、拍手と喝采で見届けよ〟

『キミと僕の最後の戦場、あるいは世界が始まる聖戦』(キミ戦)、15巻を手に取ってくださってありがとうございます。

今回は、聖戦に至らなかった二人の物語——

ほんの僅かなすれ違いゆえに主役とヒロインになれなかった二人の出会いと交わりと、そして決別までの再演です。

すべてが幸福で終わったとはいえない、過去の筋書き《シナリオ》。

けれど。

この二人の物語には、続きがあります。

かつて主役になれなかった二人が、三十年後の現在の舞台にどんなかたちで登壇するか、見守っていただけたら嬉《うれ》しいです。

そしてもう一つ。

今回は「灯」による過去編がメインではありますが、この最新巻では、星・月・太陽の三王女がようやく一堂に会することになりました。

6巻から始まった皇庁と帝国の直接対決から、遂《つい》にここまで来たんだなと。

帝国と皇庁がここからどう変化していくのか。その中でイスカとアリスの立場も少しずつ変わってくるかと思います。

16巻も、ぜひご期待くださいね！

と、本編についてはこれくらいにしつつ——

アニメ『キミ戦』情報を。

改めてのご報告ですが、第二期にあたるSeason Ⅱも全力で進んでいるところです。もう少しで続報もご報告できるのではないかなと！

細音《さざね》も脚本会議に参加させてもらっているのですが、一話一話、素晴らしく丁寧なストーリー作りをしてくださっているのを実感しています。

ご期待（以上）に応えられるアニメになるよう頑張りますね！

もう一つシリーズのお知らせを。

ＭＦ文庫Ｊ『神は遊戯《ゲーム》に飢えている。』の最新６巻が刊行中です！

こちらもアニメ化進行中で、最高に情熱あるスタッフ・キャストの皆様に恵まれました。

制作も順調で、近いうちに続報もお届けできそうです！

７巻ももうすぐ刊行なので、原作も今からぜひ！


では、謝辞です！

今回もお世話になった皆さまへ。

猫鍋蒼先生――ミラ＆サリンジャーのカバー絵、ありがとうございます！

美しく、可憐《かれん》で、気高く、そして切ない。

背中合わせで立つ二人の表情が、この物語で綴《つづ》られるすべてを表している。そんな心地になりました。アニメ続編も改めてよろしくお願いします！

担当のＯ様――

原作小説はもちろん、アニメ続編でも、常に誰より情熱的で力強いご所感を頂いており、本当に心強く感じています。今後ともよろしくお願いします！


そして最後に刊行予告を。

『キミ戦』16巻は、今冬を予定しています。

『剣士イスカと魔女姫アリスの物語、第16幕。

帝国が、皇庁が、どちらにも与《くみ》せぬ者たちが。

星・月・太陽それぞれの星脈噴出泉《ボルテックス》から、世界でもっとも深き秘境——星の中枢を目指して動きだす。

ある者は、魔女イリーティアとの決別のため。

ある者は、星の災厄の打倒のため。

ある者は、過去との決別のため。

だがそんな意志を嘲笑《あざわら》うかのごとく、星の奥深くにて知られざる「悪意」が動きだしていた。

これは——

星に至る者、星に巣くう者、星に願う者の物語』

どうぞお見逃しなく！

というわけで――

まずは『神は遊戯《ゲーム》に飢えている。』7巻が、23年の夏予定。

続いて『キミ戦』16巻が今冬予定です。

両シリーズ、アニメと一緒に全力で進めて参ります！

それでは、またお会いできますように！

夏のような暑さの夜に

細音啓《けい》

次回予告

わたし、とても不思議な心地……
不安でしょうがないはずなのに、
キミが隣にいるのなら。

イスカが、アリスが、第九〇七部隊が、
始祖が、天帝が、女王が、王女たちが、
使徒聖が、星の中枢を目指す時、
知られざる悪意が浮上する。
この世界の始まりで、
イスカとアリスが見たものは——

至高の魔女と最強の剣士の舞踏、第16幕。
行きましょう。星霊たちの生まれる場所へ。

キミと僕の最後の戦場、
あるいは世界が始まる聖戦 16

今冬 発売予定

お便りはこちらまで

〒一〇二 - 八一七七
ファンタジア文庫編集部気付
細音啓（様）宛
猫鍋蒼（様）宛

富士見ファンタジア文庫

キミと僕《ぼく》の最後《さいご》の戦場《せんじょう》、あるいは世界《せかい》が始《はじ》まる聖戦《せいせん》15

令和5年6月20日　初版発行
令和6年6月5日　再版発行

著者——細音《さざね》　啓《けい》

発行者——山下直久
発　行——株式会社KADOKAWA
〒102-8177
東京都千代田区富士見2-13-3
0570-002-301（ナビダイヤル）
印刷所——株式会社KADOKAWA
製本所——株式会社KADOKAWA

ISBN978-4-04-074980-8 C0193　◆◇◇

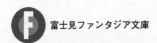

世界最強の
“不可能任務”に挑む少女たちの
痛快スパイファンタジー！
スパイ教室
竹町
illustration
トマリ

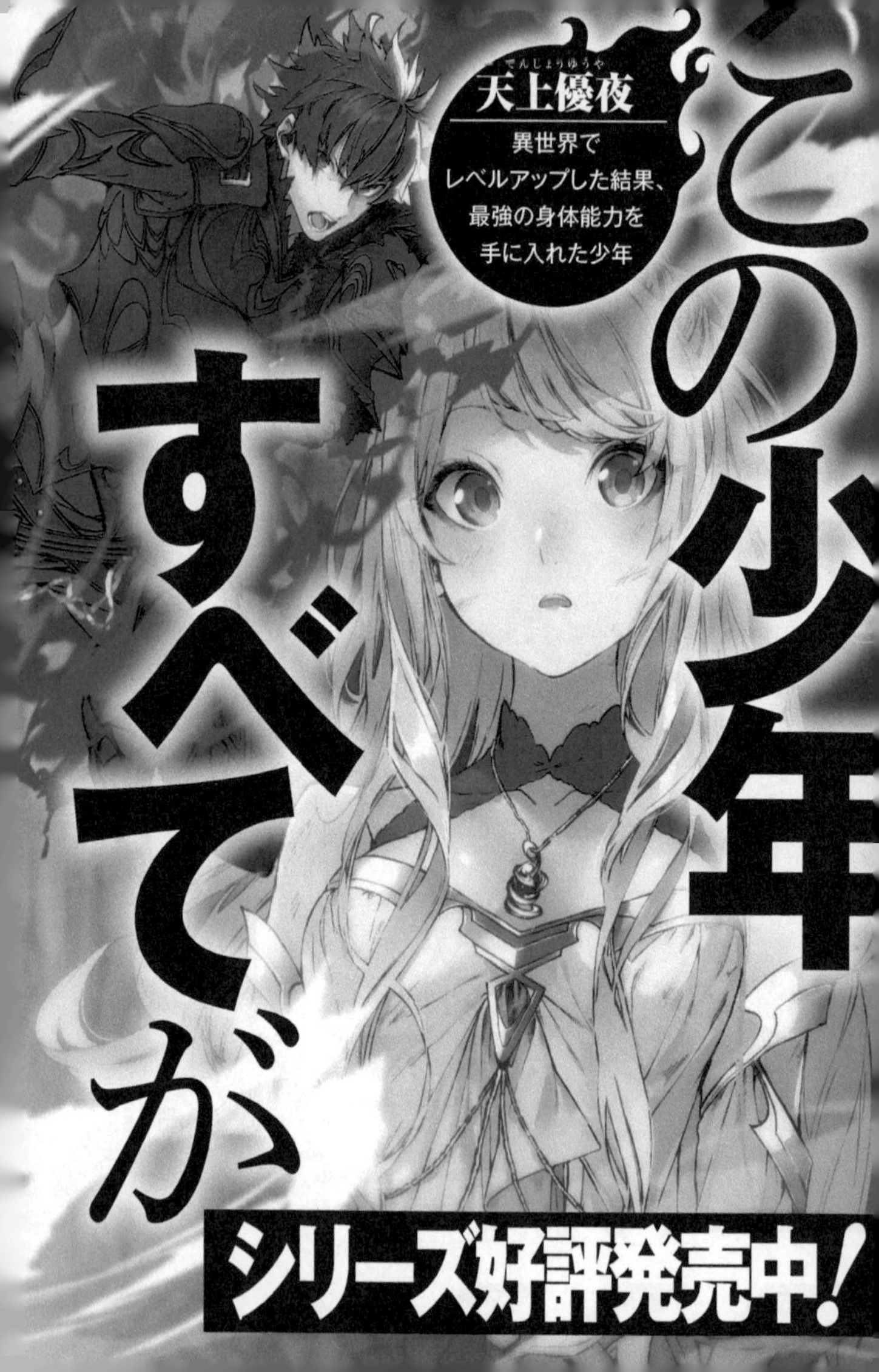

天上優夜《てんじょうゆうや》
異世界で
レベルアップした結果、
最強の身体能力を
手に入れた少年
この少年すべてが
シリーズ好評発売中！

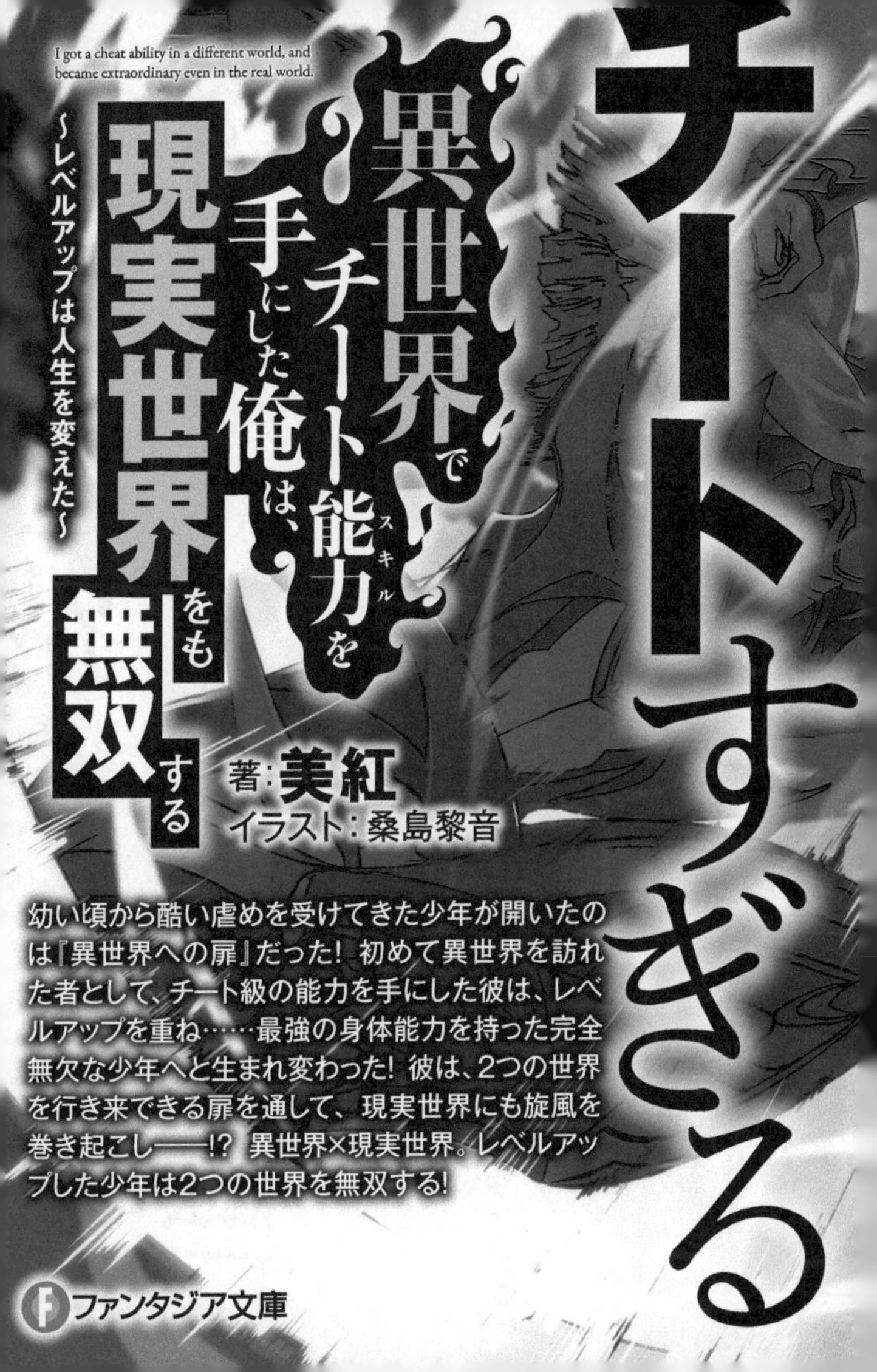

チートすぎる 異世界でチート能力《スキル》を手にした俺は、現実世界をも無双する

~レベルアップは人生を変えた~

I got a cheat ability in a different world, and became extraordinary even in the real world.

著：美紅
イラスト：桑島黎音

幼い頃から酷い虐めを受けてきた少年が開いたのは『異世界への扉』だった！ 初めて異世界を訪れた者として、チート級の能力を手にした彼は、レベルアップを重ね……最強の身体能力を持った完全無欠な少年へと生まれ変わった！ 彼は、2つの世界を行き来できる扉を通して、現実世界にも旋風を巻き起こし——!? 異世界×現実世界。レベルアップした少年は2つの世界を無双する！

ファンタジア文庫

これは世界を救う
久遠崎彩禍。三〇〇時間に一度、滅亡の危機を迎える世界を救い続けてきた最強の魔女。そして——玖珂無色に身体と力を引き継ぎ、死んでしまった初恋の少女。
無色は彩禍として誰にもバレないよう学園に通うことになるのだが……油断すると男性に戻ってしまうため、女性からのキスが必要不可欠で!?
シン世代ボーイ・ミーツ・ガール!
1
王様のプロポーズ
King Propose
橘公司
Koushi Tachibana
[イラスト]——つなこ

最強の初恋
シリーズ
好評発売中!
ファンタジア文庫

ティナ
四大公爵家のひとつ、ハワード家に生まれた公女殿下。なぜか誰でも扱える程度の魔法すら使うことができない。
変えるはじめましょう
アレン
公爵令嬢ティナの家庭教師を務めることになった青年。魔法の知識・制御にかけては他の追随を許さない圧倒的な実力の持ち主。
発売中!